USA TODAY BESTSELLING AUTHOR

Dale Mayer

LÉGION D'HONNEUR

Chase

TOME 10

Chase, Légion d'honneur, tome 10
Beverly Dale Mayer
Valley Publishing Ltd.

Copyright © 2016

Traduit de l'anglais par Joëlle Da Cunha et Valentin Translation

ISBN-13 : 978-1-778863-38-7
Format Print

Chase

Tout le monde a un secret bien gardé, mais Chase en a plusieurs. Son passé s'apprête à éclater au grand jour quand le terrible cauchemar qu'il a longtemps essayé de tenir à distance reprend vie.

Chargée de douloureux souvenirs qui la marqueront à jamais, Vanessa s'est jurée de toujours aller de l'avant sans rien regretter. Mais quand elle se retrouve mêlée aux turpitudes de Chase, ses problèmes s'imposent à elle.

Pour s'assurer un présent serein, tous deux vont devoir affronter leurs passés… sous peine d'être privés d'avenir.

Inscrivez-vous ici pour être informés de toutes les nouveautés de Dale !

https://geni.us/DaleNews

CHAPITRE 1

CHASE BUCHANAN REMONTA l'écharpe sur son nez, tentant vainement de protéger son visage du sable. Depuis leur arrivée au Moyen-Orient, il avait déjà dû absorber au moins cinq kilos de poussière. Ses yeux étaient si desséchés qu'il avait envie de pleurer pour les humidifier à nouveau.

Ce n'était pas son premier séjour ici, mais cette fois, la poussière était insupportable. Sans compter que la sécheresse qui sévissait depuis plusieurs semaines n'avait rien arrangé. À cause de la violence du vent, la situation était plus délicate que jamais.

Jetant un œil vers Swede et Brett, deux de ses camarades de recherche, Chase pressa le pas dans la même direction. Evan et Markus fermaient la marche. Deux garçons avaient disparu. C'étaient des habitués de la base, qui étaient censés aider la troupe en effectuant de petits boulots par-ci par-là, comme à l'accoutumée. D'ailleurs, ils avaient même acquis un bon niveau d'anglais. Mais d'après les rumeurs, ces garçons avaient rencontré des problèmes. Depuis, une équipe les cherchait à l'intérieur du camp tandis que ses amis et lui avaient choisi de fouiller les environs. Les garçons n'habitaient pas sur place, allant et venant entre la base et leurs maisons à toute heure du jour et de la nuit. Tout aurait pu leur arriver. Des soldats patrouillaient le périmètre autour du camp. Jusqu'à présent, ils n'avaient rien vu. Mais si les garçons avaient des ennuis, Chase tenait à s'assurer qu'ils aient une chance de se défendre.

Bien sûr, cela pouvait aussi être un piège. Après tout, il y avait des ennemis partout.

Il était bien placé pour le savoir. Son unité avait terminé une mission et devait lever le camp dans la matinée. Ils avaient passé quelques jours à faire le point, et pendant leur temps libre, avaient pris plaisir à jouer au football avec le groupe d'enfants. C'étaient des gamins formidables qui n'avaient pas la vie facile.

Bien sûr, ces deux-là en faisaient partie.

Il avait quelques heures à tuer, et s'il pouvait aider à les retrouver, il s'y prêtait volontiers.

Le vent leur cinglait le visage. Ils progressèrent encore sur quelques dizaines de mètres. D'après les soldats, on n'avait pas vu âme qui vive dans les environs depuis une bonne heure. Les garçons étaient-ils cachés là, quelque part ? Et si oui, pourquoi ? Âgés de dix et douze ans, ils avaient déjà vu trop de choses au cours de leurs jeunes vies.

En même temps, lui aussi.

Les paysages changeaient, mais c'était toujours la même rengaine.

— Au secours !

Il fit volte-face en percevant ce cri tout juste audible.

Du coin de l'œil, il perçut un mouvement léger. De petits doigts, presque de la même couleur que le sable, s'agitaient au sommet d'une butte de terre à peine assez haute pour servir de cachette. Faisant signe aux autres de le suivre, Chase accéléra et s'empressa de rejoindre le talus.

Comme il s'y attendait, c'était Amrit, le plus jeune et le plus facétieux des deux frères.

— Du calme, petit.

Chase grimaça en découvrant le visage de l'enfant. Il semblait avoir été passé à tabac.

— Qui t'a fait ça ?

Les lèvres d'Amrit frémirent, mais aucun son n'en sortit. Chase décrocha sa gourde et versa délicatement un peu d'eau dans la bouche du garçon.

Brett continua à chercher sur la gauche, tandis que Swede fouillait à droite du monticule. Bientôt, ce dernier poussa un petit cri en se ruant vers un deuxième corps chétif couvert de poussière sur le sol.

— C'est Paprit, lança Swede. Il est mal en point.

Dieu soit loué, ils avaient retrouvé les deux garçons. Chase fut soulagé en entendant son ami. Mais enfin, que s'était-il passé ? Qui leur avait infligé cela ? Apparemment, le bras d'Amrit était cassé, et peut-être quelques côtes aussi. Chase n'était pas sûr pour la cheville. Chaque fois qu'il essayait de la vérifier, Amrit criait. Il espérait que ce ne serait qu'une entorse. Après avoir redonné à boire au garçon, il regarda autour de lui. Son regard se posa alors sur quatre hommes, deux brancards à bout de bras, qui accouraient vers les jeunes blessés. Au moins, la base disposait d'une infirmerie digne de ce nom. Les garçons y recevraient l'aide dont ils avaient besoin.

Étaient-ils arrivés jusqu'ici par leurs propres moyens ? Ou avaient-ils été abandonnés, laissés pour morts dans le désert ?

Il dut attendre quatre heures avant d'avoir l'autorisation de les voir pour les interroger. Par chance, Amrit était réveillé, contrairement à son frère.

—Amrit, que t'est-il arrivé ? lui demanda Chase en s'asseyant à côté de lui, sur ce lit trop large pour un si petit garçon.

Les yeux d'Amrit s'embuèrent.

— Les soldats sont venus au village, murmura-t-il. Ils ont pris mon père et l'ont battu.

Il se tut un moment avant d'ajouter d'une voix éraillée :

— Ils l'ont tué. Ma mère a essayé de me cacher, mais ils l'ont battue, elle aussi.

Le cœur de Chase se serra à ce récit. Malheureusement, ce n'était pas rare dans cette région. Quoi qu'ils fassent pour les en empêcher, il restait toujours des ordures prêtes à s'en prendre aux innocents.

— Et pourquoi vous ont-ils laissés en vie, tous les deux ?

Cela n'avait pas beaucoup de sens, étant donné que les soldats avaient tendance à capturer les jeunes pour les enrôler dans leur armée.

— Pour vous apporter un message.

Le garçon garda le silence et Chase patienta. Il savait que le message ne serait pas bon. Les garçons avaient sûrement été pris pour cibles parce qu'ils avaient été aperçus autour du camp. De nombreux habitants du coin avaient noué des relations d'affaires avec la base. C'était une région pauvre, et tout le monde essayait de gagner sa vie du mieux possible. La base offrait de nombreuses opportunités commerciales, entre denrées de première nécessité et artisanat local.

Au bout d'un moment, il demanda à Amrit :

— Alors, quel était ce message ?

— Rentrez chez vous si vous voulez vivre, parce qu'ils arrivent.

Quelles enflures ! Chase se redressa sur le lit et regarda par la fenêtre. Dire qu'ils s'en étaient pris à un enfant, un innocent incapable de se défendre. Il reporta le regard sur le visage bouffi d'Amrit.

— Et tu serais capable de reconnaître les hommes qui ont fait ça ?

Amrit hocha la tête, grimaçant aussitôt à ce mouvement.

— Oui. Celui qui a tiré sur mon père s'appelle Alha Kahib.

Chase retint son souffle, stupéfait. C'était un nom qu'ils connaissaient tous ici. Kahib était le chef du groupe terroriste de la résistance locale. Il sillonnait les villages et recrutait de force de jeunes garçons dans ses rangs. Il les enlevait pour les emmener dans ses camps d'entraînement que personne n'avait encore jamais localisés.

— Et pourquoi est-ce qu'ils ne vous ont pas pris, tous les deux ?

Voilà ce que Chase ne comprenait pas. N'importe qui aurait pu transmettre le message à leur place.

— Parce que, répondit Amrit avec un sourire effronté, je lui ai dit que je n'avais que sept ans.

Il toussa avant d'ajouter :

— Et que mon frère et moi, on était des gringalets, qu'on ne grandissait pas.

Chase comprenait mieux, à présent. Un enfant de dix ans en bonne santé aurait été enlevé en un clin d'œil. Les garçons plus âgés avaient déjà été enlevés lors de raids précédents, et ces derniers temps, les soldats revenaient pour récupérer les plus jeunes. Cela dit, certains étaient encore trop jeunes pour être d'une quelconque utilité dans un contexte militaire. Si le garçon ne devait pas survivre à l'entraînement, il n'y avait aucune raison de le kidnapper. Le groupe de Kahib n'utilisait pas encore les enfants comme kamikazes – du moins, pas à sa connaissance. Dans d'autres parties du monde, c'était devenu monnaie courante, malheureusement. Et tel serait sans doute l'avenir d'Amrit la prochaine fois que les rebelles passeraient par le village, maintenant que le groupe terroriste avait développé sa technologie.

— Vous êtes arrivés jusqu'ici tout seuls ?

— Ils nous ont jetés par terre et nous ont regardés ramper.

Il prit une inspiration tremblante.

— Je ne voulais pas appeler, au cas où ils regarderaient.

Il jeta un œil derrière les épaules de Chase.

— Je n'arrêtais pas de penser qu'ils allaient nous tirer dessus. Que leur histoire de message n'était qu'une blague.

Il eut un frisson involontaire et se pelotonna un peu plus sous le drap.

— J'avais peur qu'on meure là-bas avant d'avoir pu vous rejoindre.

En effet.

— Bon, et y a-t-il autre chose que tu pourrais nous dire sur ces hommes ? Tu as entendu quelque chose d'utile ou vu quelque chose qui pourrait nous aider à les retrouver ?

Ces groupes étaient constamment en mouvement, toujours en avance sur l'armée. Ils avaient des cachettes partout dans le pays, avec de vraies forteresses en guise de résidences. Chase rêvait de les raser tous de la carte. Oui, parfois, son côté brut de décoffrage ressortait au grand jour. Voilà pourquoi il ne pourrait jamais faire de la politique. Il aimerait aligner devant lui tous les fumiers de ce monde et les abattre en une seule rafale.

Histoire de faire du monde un endroit meilleur.

Ceux qui avaient infligé un tel traitement à ces deux gamins ne méritaient pas mieux.

Puis il prit conscience que le poing du garçon s'agrippait au drap comme à une bouée de sauvetage, et Chase se rappela la question qu'il avait posée à Amrit. Il se pencha en avant.

— Tu sais quelque chose ? demanda-t-il d'une voix douce.

— Ils vont me tuer, murmura-t-il. Quand ils nous ont jetés par terre, je les ai entendus parler. Alors, si je te le dis, ils sauront qu'on a survécu et qu'on les a dénoncés.

Chase prit le temps de réfléchir. Le garçon avait raison. Mais s'ils pouvaient éliminer ce groupe de rebelles, dont le chef figurait sur la liste des personnes recherchées par l'armée depuis plusieurs années, cela en valait la peine. Bien sûr, il n'allait pas risquer la vie de ces enfants.

— Je vais en parler avec mon commandant et on verra ce qu'on peut faire.

— Vous ne pouvez rien faire, s'écria le garçon. Je dois rentrer à la maison. Ma mère a besoin de moi.

— Dans le même village où ces gens sont venus et où ils vous ont trouvés ? demanda Chase d'un ton posé. Tu peux être sûr qu'ils reviendront. Si ce n'est pas demain, ou le mois prochain, alors dans quelques mois. Ils font des rondes, tu le sais bien.

Le garçon parut abattu.

— Alors, il n'y a aucun endroit où je peux m'enfuir, c'est ça ?

— Non, sauf si nous éliminons Kahib et son groupe.

Amrit secoua vigoureusement la tête.

— Non. Tu ne comprends pas. Vous ne les aurez pas tous. Quelqu'un finira toujours par savoir ce que j'ai fait. Je ne serai jamais en sécurité.

Chase se cala contre les oreillers et dévisagea ce garçon au regard bien trop mature et triste pour son âge. Malheureusement, Amrit avait raison. Si quelqu'un apprenait qu'il avait aidé l'armée à faire tomber ce groupe terroriste, les survivants traqueraient les enfants comme des chiens.

— Et cette information que tu as, elle est vraiment précieuse ?

Amrit baissa les yeux, mais Chase décida d'insister.

— Amrit ?

Il se pencha vers lui et posa une main sur son épaule, chagriné de constater les ravages de la guerre sur sa stature si frêle. Le gamin avait à peine assez de chair sur les os pour rester en vie.

— Dis-moi.

Les yeux du garçon s'emplirent de larmes.

— Ils parlaient de leur nouvelle forteresse à Asrim. Ils ont parlé de la route et de l'endroit où elle se trouvait. Ils vont s'en servir comme point de départ pour frapper tous les villages à moins d'un jour de voyage.

— Et ont-ils dit où se trouvait la forteresse dans cette ville ?

Pendant un long moment, Chase dut réprimer son impatience avant qu'Amrit ne réponde avec des trémolos dans la voix :

— Oui.

CHAPITRE 2

Six semaines plus tard…

VANESSA ROMAN ENTRA dans son bureau, fatiguée, exténuée… et la journée ne faisait que commencer. Tant de gens avaient besoin d'aide ! S'occuper de reloger les réfugiés récemment arrivés rendait son travail bien plus important.

— Waouh, tu as dû avoir une nuit affreuse, fit Tom quand elle le croisa. Ou alors, tu as passé une excellente nuit, ajouta-t-il en la lorgnant tandis qu'elle s'asseyait.

— En quelque sorte, répondit-elle en secouant la tête. Des cauchemars à nouveau.

— Putain, ma fille. Inscris-toi au programme psychologique qu'on a. Tu sais que ce truc finira par te tuer.

— Je sais, dit-elle en ouvrant le tiroir du bas et en y laissant tomber son sac. Je n'aime pas tellement les psys non plus, déclara-t-elle en levant les yeux sur lui.

— Certes. Mais tu dois parler à quelqu'un. On voit et on entend trop de trucs pourris. Ça assombrit la journée entière.

— Je suis d'accord, mais il y a aussi de bons moments. La dernière fois que j'ai discuté avec un psy, il m'a fait me sentir coupable parce que je ne m'améliorais pas. Je peux gérer le stress, en général, mais parfois…

— Alors tu dois te trouver une nouvelle carrière.

— Je vais bien, dit-elle en souriant. Beaucoup de gens ont besoin d'aide et ça, je peux le leur apporter. Simplement, parfois, j'aimerais pouvoir faire plus.

— N'oublie pas que ces gosses, leurs familles ont des passés difficiles et tout ce qu'on peut faire, c'est de les aider à faire la transition dans cette étape de leur vie. Ça va s'arranger, mais c'est traumatisant pour eux. Il n'y a pas de solution. On sait qu'ils ne veulent pas vraiment être ici et qu'ils aimeraient retrouver leur vie d'avant, mais … on fait de notre mieux dans un système qui n'a jamais été conçu pour traiter un tel nombre de demandes.

Elle le regarda fixement, sachant que ses yeux trahissaient ses émotions, incapable qu'elle était de cacher ses sentiments.

— Je sais, murmura-t-elle. Ça ne m'empêche pas de vouloir trouver une meilleure solution.

— Il n'y a pas d'autre solution et tu le sais.

Heureusement, Tom s'en alla, la laissant aux prises avec sa tristesse encore un moment. Elle n'était toujours pas sûre d'être taillée pour ce genre de travail. Mais elle avait été dans la position de ces gens et souhaitait passionnément les aider. Il y avait tant de réfugiés qui cherchaient une vie meilleure et ça n'arrivait jamais assez vite pour personne. En fait, le processus était long. Trop long. Son cœur saignait dans tellement de cas. Certains des traumatismes et des pertes que ces gens avaient subis étaient horribles. Mais comme Tom l'avait dit, il y avait des limites à ce qu'elle pouvait faire.

Ce n'était toutefois pas la raison de ses cauchemars. Pour ça, elle pouvait blâmer son ex-fiancé.

— Vanessa ? fit quelqu'un derrière elle.

Elle se tourna et vit que sa cheffe se tenait à la porte.

— Je dois vous voir. Prenez un café puis venez dans mon bureau, s'il vous plaît, déclara Sandy.

Mais Vanessa se leva, saisit plutôt un calepin et un stylo et entra directement dans le bureau de sa cheffe. Sandy indiqua de la main la chaise vide et Vanessa s'y installa.

— Que se passe-t-il ?

— On a un problème. Un garçon spécial qui a besoin de plus d'attention que d'habitude.

— Spécial comment ?

— Il a fourni des infos qui ont permis à nos soldats de pourchasser un des groupes terroristes qui détruisaient des villages en Afghanistan. Même si le groupe a été éliminé, on ne peut pas être sûr qu'il est hors de danger. Amrit, sa mère et son frère ont donc été amenés ici.

— Quel pauvre garçon courageux ! Il doit être terrifié.

— Ou il adore toute cette attention, fit Sandy en haussant les épaules. Qui peut le dire à ce stade ? Le fait est qu'ils sont ici à San Diego et passeront par notre centre où on s'efforcera de les mêler au reste des réfugiés.

— Est-ce qu'ils passent par le processus normal ou auront-ils un traitement spécial ? demanda Vanessa.

— Traitement spécial, fit Sandy en lui souriant.

Vanessa leva les yeux au ciel.

— Ils doivent être traités légèrement différemment, ajouta Sandy en riant, mais l'essentiel sera comme d'habitude. Les chances que quelqu'un trouve qui est ce garçon en particulier et où il se trouve sont minces, mais on ne peut pas écarter la possibilité qu'il soit une cible, poursuivit Sandy en indiquant de la tête le dossier sur son bureau. Donc, on fera tout ce qu'on pourra pour assurer sa sécurité tandis qu'on les aide à s'intégrer, lui et sa famille, dans notre pays.

— Compris, dit Vanessa en se levant et en prenant le dossier que lui tendait Sandy. Pour quand ?

— Hier, lui répondit Sandy d'une voix joyeuse.

CHASE FRANCHIT LA porte d'entrée de chez lui et laissa tomber son barda. Il allait falloir six douches jusqu'à dimanche pour se débarrasser de la poussière. Il en avait dans ses sous-vêtements, dans la bouche et il aurait juré qu'elle lui obstruait le cerveau.

Il était trop fatigué pour rire en voyant le nuage de poussière qui se souleva de son sac. Après tout ce périple pour rentrer chez lui, le sac aurait dû être propre maintenant. Le barda avait été tellement trimballé et secoué que cela aurait dû le nettoyer. Il ne s'attendait pas à rentrer aux États-Unis aujourd'hui, mais lorsqu'une opération inattendue s'était présentée, l'équipe avait été à la hauteur et tout s'était mieux déroulé que prévu.

Il parcourut du regard le petit appartement et apprécia le sentiment de savoir qu'il était à lui et à lui seul. Ayant grandi dans la pauvreté au milieu d'hommes sympathiques, il désirait désormais avoir son espace à lui. Il avait été un petit garçon nourrissant de grands rêves – et il en avait réalisé certains.

Ça faisait une bonne dizaine d'années que sa mère était décédée, et s'il avait des frères et sœurs, Dieu savait où ils étaient. Ils devaient être plus âgés et peut-être disséminés partout dans le pays. Enfant, il avait aimé sa mère même s'il ne s'était pas fait d'illusions. Quand il lui fallait sa dose, elle allait la chercher dans la rue.

Il n'avait jamais su si c'était la drogue qui l'avait tuée ou son mode de vie. Il était heureux de savoir qu'elle était enfin en paix. Il ignorait ce qui l'avait fait tomber si bas car elle n'en parlait jamais. Tout comme elle refusait de parler de quoi que ce soit d'important.

Son père – qui savait ? Il ne l'avait jamais rencontré. Et

n'était pas sûr que le type sache même qu'il avait un fils. Pas le genre de vie qu'il voulait pour ses futurs gamins si jamais il en avait. Parce que, en grandissant ainsi, il avait fait en sorte de ne pas laisser d'enfant non désiré derrière lui. Quand viendrait le temps d'avoir des enfants, il voulait être un père présent. Il voulait que ses mômes sachent qu'on les aimait.

Toutefois, il avait encore un sacré chemin à parcourir avant de se marier et d'avoir des enfants, donc ce n'était pas à l'ordre du jour.

Pendant très longtemps, il ne l'avait même pas envisagé, pensant que ça n'arriverait pas de sitôt. Ce n'était pas une question qui le préoccupait. Et puis il avait vu ses amis se lancer dans des relations qui marchaient. Mais ces hommes étaient bons dans presque tous les domaines.

En les voyant avec leurs compagnes aimantes, il avait réalisé que l'amour, c'était bien plus qu'il ne l'avait jamais pensé. Il n'avait jamais connu personne de marié et heureux auparavant. Peut-être était-ce possible, mais il ne l'avait pas encore vu.

Maintenant, il avait envie d'y goûter lui aussi. Mais vouloir ne signifiait pas forcément faire en sorte que ça arrive.

Il faisait beaucoup de bénévolat auprès d'une association pour les jeunes et participait souvent aux préparatifs pour des fêtes. Il s'était dit que ça suffisait.

Du moins, jusqu'à présent.

Il avait eu une enfance abominable, une adolescence pire encore, allant jusqu'à être impliqué dans des gangs à un certain moment. Sa vie était dure et il était encore plus dur d'y échapper. Mais il y était arrivé. Tout ça était derrière lui maintenant et y resterait. Ça faisait plus d'une décennie qu'il n'avait eu aucun contact avec qui que ce soit de cette période-là. Et s'il avait de la chance, il ne reverrait personne.

Quand il avait voulu laisser son passé de délinquant derrière lui, il avait tenté de faire enlever son tatouage. Le tatoueur n'avait pu que tracer un nouveau dessin par-dessus l'ancien.

La plupart des gens ne reconnaîtraient jamais ce qu'il avait fait. Mais si le gang le découvrait, il aurait des ennuis.

On n'avait pas le droit de partir. Et défigurer ce qui était considéré comme un lien entre frères d'armes, c'était tendre le bâton pour se faire battre.

Mais il n'était plus cet enfant apeuré qui avait vu son meilleur ami se faire descendre en pleine rue et avait été forcé de choisir son camp dans une guerre qu'il avait pu ignorer jusqu'alors.

Il était devenu quelqu'un. Il avait réalisé certains de ses rêves. Maintenant, il faisait partie des SEAL, quelque chose qu'il avait tellement voulu – et c'était une sacrée bonne place.

Il ôta ses bottes sales et alla en chaussettes remplies de sable jusqu'à la salle de bains. Debout sur le tapis, il se déshabilla totalement et se glissa sous l'eau chaude. Quand il sortirait, il pèserait un kilo et demi de moins, tant il était couvert de poussière. Tandis que l'eau glissait sur son dos, il apprécia d'être à nouveau propre.

S'enrôler dans la marine avait été la meilleure chose pour lui. Ça l'attirait depuis qu'il était jeune. C'était un rêve auquel il s'était accroché alors que la vie dans un gang ressemblait à une sentence à perpétuité.

Mais il s'en était débarrassé.

Quand il fut finalement propre, il coupa l'eau et ouvrit les portes en verre pour attraper sa serviette.

Il s'essuya d'abord le visage, et ses yeux, maintenant secs, glissèrent sur la glace. Puis revinrent se poser, choqués, sur la surface embuée.

Son regard se figea. Lentement, sans jamais quitter des yeux le miroir, il se débarrassa de sa serviette. Pendant ce temps, son esprit s'agita. On avait dessiné en rouge – peut-être au rouge à lèvres – le symbole original qu'il avait fait tatouer sur son bras sous la contrainte. Il passa le doigt sur son vieux tatouage tout en étudiant le dessin grossier.

Apparemment, son passé venait de rattraper son présent, et une partie de son histoire l'avait retrouvé.

Il s'agissait de savoir ce que cette personne voulait. Et si c'était un membre du gang, qu'allait-il faire maintenant qu'il avait trouvé Chase ?

<h1 style="text-align:center">CHAPITRE 3</h1>

VANESSA FRAPPA À la porte de l'appartement et attendit. Personne n'ouvrit la porte mais elle avait l'impression d'être surveillée. Elle adressa un sourire vers l'œilleton. Immédiatement, on fit glisser la chaîne de l'autre côté et elle entendit s'élever des voix excitées.

Amrit montra son visage. Puis il sourit et ouvrit la porte en grand.

— Bonjour, Vanessa.

— Salut, Amrit, comment ça va aujourd'hui ?

Elle pénétra dans le couloir et jeta un coup d'œil rapide autour d'elle, mais c'était comme à l'habitude. Péniblement propre.

— Comment s'est passée l'école aujourd'hui ? demanda-t-elle.

Elle avait vérifié l'heure et préparé sa visite en conséquence. D'après la mère et l'école d'Amrit, celui-ci faisait tout ce qu'il pouvait pour éviter de se montrer. Ça ne pouvait pas continuer comme ça. Vanessa savait que c'était une période de transition pour toute la famille et qu'il y aurait d'autres crises à l'avenir, mais il avait déjà beaucoup manqué l'école. Cela faisait trois semaines. Il était temps de lui montrer à quoi ressemblait une vie normale sur le territoire américain. Il avait guéri physiquement, mais était encore en proie à son passé sur le plan émotionnel.

— Bien, je suppose.

Amrit se dirigea vers le canapé et s'assit, reprenant la console de jeux qu'il utilisait avant de venir lui ouvrir. Il avait certainement vite adopté cette habitude américaine. Elle étudia ses traits impassibles, son regard qui ne croisait pas tout à fait le sien et ses épaules avachies.

— C'est difficile, l'école ?

Il secoua la tête.

— Non. Ce n'est pas difficile. J'avais déjà beaucoup appris dans mon pays.

— Et les nouveaux trucs ? demanda-t-elle doucement, s'asseyant à côté de lui.

La mère d'Amrit arriva en vitesse de la cuisine.

— C'est bon de vous revoir, Vanessa.

Vanessa lui sourit. Sinja était toujours très amicale, honnête et nerveuse. Ça lui prendrait des mois avant qu'elle n'arrête de regarder instinctivement par-dessus son épaule. La peur de se demander d'où viendrait le prochain coup… Mais on espérait qu'ils cesseraient plus vite d'avoir peur d'être renvoyés chez eux. Elle savait que cette famille voulait particulièrement s'intégrer dans la société américaine.

Elle ferait tout son possible pour que ça arrive.

— Comment vont les garçons ? demanda Vanessa.

Plus tôt, elle avait parlé à Sinja au téléphone et savait qu'Amrit avait du mal à surmonter certaines difficultés. Son frère avait pris une voie différente et choisi de laisser derrière lui tout ce qui se rattachait à son pays natal, il avait même pris un nouveau prénom, Peter. Amrit ne voulait pas perdre ni son nom ni son héritage, ni les souvenirs qu'il avait de son père et c'était bien aussi. Vanessa acceptait qu'ils fassent ce qu'ils voulaient pour faciliter leur transition.

— Amrit ne se sent pas bien aujourd'hui, fit Sinja. Je lui

ai dit qu'il pouvait rester à la maison.

Vanessa tendit la main pour toucher le bras d'Amrit.

— Je suis désolée. Je peux faire quelque chose pour te rendre la vie un peu plus facile ces temps-ci ?

Amrit lui jeta un coup d'œil en biais puis regarda à nouveau devant lui.

Il y avait donc bien quelque chose.

— Est-ce que tu connais quelqu'un ici ? Est-ce qu'il y a quelqu'un que tu voudrais contacter ou avec qui tu aimerais passer du temps ? Quelqu'un de chez toi ? demanda-t-elle, sans savoir d'où venait cette question mais, comme il avait rencontré de nombreux soldats américains dans son pays, il pensait peut-être qu'ils seraient aussi ici.

Malheureusement, c'était rarement le cas. Les États-Unis étaient un pays immense et les réfugiés ne se rapprochaient pas toujours des gens qu'ils connaissaient déjà.

Amrit ne répondit pas. Vanessa lui pressa un peu l'avant-bras et laissa retomber sa main. Elle ne savait pas quoi faire. Elle passa encore quelques minutes avec les deux membres de la famille et se leva pour partir. Tout en se dirigeant vers la porte d'entrée, elle leur rappela :

— Vous avez mon numéro de téléphone. Appelez-moi quand vous voulez.

Puis elle alla dans le couloir, suivie de Sinja.

— Est-ce que vous savez ce qui ne va pas ?

— Je ne sais pas, fit celle-ci en plissant le front. Je ne pense pas qu'il veuille rentrer chez nous, peut-être que c'est parce que ça a été un tel choc de venir ici. C'est tellement différent ! Il parle beaucoup des soldats.

— Oui. Il y a de grandes chances pour que ceux qu'il a rencontrés soient encore en service là-bas. La vie est très différente pour eux quand ils rentrent.

Sinja opina.

— Il espérait voir Chase.

— Chase ?

— C'est le soldat qui a trouvé Amrit. Il lui a parlé à l'hôpital, mais c'était avant qu'on ne vienne ici.

Vanessa hocha la tête d'un air compréhensif. Peut-être qu'Amrit avait simplement besoin de tourner la page ou de remercier le soldat.

— Vous ne connaîtriez pas le nom de famille du soldat, par hasard ?

— Non, fit Sinja en secouant la tête.

Vanessa lui tapota gentiment l'épaule avec un sourire.

— Je ferai de mon mieux pour voir si je peux le retrouver.

Puis elle tourna les talons et se dirigea vers l'ascenseur, tout en retournant déjà le problème dans sa tête.

CHASE SORTIT ET leva le visage vers le soleil. L'air était un peu frais, les nuages et le vent annonçaient une tempête. Il venait de sortir d'un autre entraînement avec de nouvelles armes. Il fallait toujours devancer l'ennemi. Malheureusement, cela semblait impossible de nos jours.

— Chase, attends, lança Mason depuis le bout du couloir.

Chase s'arrêta et attendit qu'il soit assez près pour demander :

— Qu'est-ce qu'il y a ?

— On a une mission différente pour toi, déclara Mason avec un sourire.

Chase fronça les sourcils, pas sûr d'apprécier ce qu'il entendait.

— Tu te rappelles Amrit ? Qui nous a aidés à supprimer Kahib ?

— Le gamin ? dit Chase en accentuant son froncement de sourcils.

— Oui, opina Mason. Il est ici, à San Diego. La famille est arrivée ici il y a cinq semaines mais il rencontre des difficultés. Sa mère a dit à une employée du centre des réfugiés qu'il espérait te revoir.

— Pas de problème, dit Chase avec un sourire. Ça me fera plaisir de voir comment il va.

— Ravi de te l'entendre dire, fit Mason en souriant, et il lui tendit un papier. Voici le numéro de Vanessa. Appelle-la et fixe un rendez-vous avec Amrit. Il a fait de son mieux pour éviter l'école et se terrer dans l'appartement au lieu de sortir et de s'amuser comme un gamin.

Chase prit le papier qu'il rangea dans sa poche.

— Je m'en occupe dès que je serai rentré chez moi.

— Bonne idée, fit Mason en s'éloignant, puis il se retourna et dit : Ça va, toi ? On dirait que quelque chose te préoccupe ces derniers temps.

— Ça va, répondit Chase en espérant que l'autre comprendrait que c'était une façon de clore poliment le sujet.

Mason et le reste de son équipe étaient des mecs super qui se préoccupaient tous les uns des autres mais Chase n'était pas sûr d'être encore prêt à partager son passé. Même si, en son for intérieur, il savait que son passé avait télescopé son présent.

— Si tu le dis. Quand tu voudras parler, je serai là.

Sur ce, Mason agita légèrement la main et repartit dans le couloir.

Chase sortit sur le parking et se demanda s'il devait lui parler. Ce serait bien de discuter avec quelqu'un. Mais d'abord, il devait s'entretenir avec Markus ou peut-être Brett. Il était plus proche d'eux. Et si les membres de son ancien gang étaient en ville, ils devaient savoir qu'il n'allait pas entrer dans leur jeu. Il n'était plus un jeune garçon sans amis.

Il ouvrit la portière de sa voiture, entra et la referma. Les temps changeaient. Il n'y avait qu'à voir Levi et son groupe. Evan avait pris quelques jours de congé pour les aider à déménager. Levi emménageait dans une nouvelle maison le temps de suivre sa rééducation mais voulait rester près de Stone, qui récupérait toujours après son amputation. Merk allait subir une nouvelle opération qui lui permettrait de reconstruire les muscles de ses mollets. La vie avait fichu ce groupe par terre.

Il craignait que le gang le fiche par terre lui, détruisant tout ce qu'il avait construit.

De retour à son appartement, il entra dans la cuisine et fit du café. Tandis qu'il versait l'eau dans la cafetière, son cinquième sens se mit à frémir. Il sut qu'il n'était pas seul.

Il continua nonchalamment à préparer le café, évaluant mentalement quelle anomalie avait pu l'alerter. Il appuya sur le bouton pour démarrer la cafetière, se retourna lentement et étudia ce qu'il voyait. La cuisine était vide. La porte en verre donnant sur le petit porche était ouverte. Bon. Il fouilla du regard son salon. Il se dirigea vers les portes en verre et sortit sur la petite terrasse.

Il se figea en voyant un homme qui l'attendait. Ronnie — un gars qu'il ne pensait pas revoir. Ronnie avait été forcé de rejoindre le gang un peu avant Chase. Quand Chase avait réussi à s'en dépêtrer, Ronnie avait grimpé les échelons. Il devait être lieutenant maintenant.

Et Ronnie était seul.

Bien.

Curieux mais méfiant, Chase tira vers lui une des chaises et s'assit.

— Ça fait longtemps.

Le regard scrutateur, il étudia Ronnie, cherchant dans l'homme de l'autre côté de la table l'adolescent en colère qu'il avait connu.

Ronnie opina, le regard perçant, plus sombre et fatigué que dans ses souvenirs.

— Oui, en effet.

— Que fais-tu là ?

Ronnie avait toujours été un type droit mais Chase ne reconnaissait pas l'homme qui était près de lui en ce moment.

— C'est Gregory qui m'envoie.

— Pourquoi ?

— Il veut te voir.

— Impossible, dit Chase en secouant la tête.

— Ça ne va pas lui faire plaisir.

— Qu'est-ce que vous fichez en Californie ? C'est loin de Chicago.

— Gregory a été arrêté. Le procès est la semaine prochaine. Ils n'ont rien sur lui. Pas de preuve, fit Ronnie en gardant le regard fixé sur le visage de Chase. Et on veut que ça reste ainsi.

— Et il craint que je fasse partie des preuves ? demanda Chase. Je n'ai pas entendu parler de son arrestation ni de son procès.

— Ça ne veut pas dire que les flics ne cherchent pas quelqu'un qui leur fournisse des preuves contre Gregory.

— J'ai laissé tout ça, il y a bien longtemps, dit Chase en secouant la tête.

— Peu importe. La police fait tout ce qu'elle peut pour

trouver des infos. Gregory veut s'assurer qu'on ne trouve rien.

C'était donc l'enjeu.

— Et si on trouve quelque chose ? fit Chase d'une voix basse, dure.

— C'est exclu, déclara Ronnie en tirant un pistolet de sa chemise pour le poser sur la table.

— Un Glock de la police, dit Chase en souriant. Tu as tué le flic qui l'avait ?

— Il l'a donné spontanément, répondit Ronnie en secouant la tête.

— Tu parles.

Personne ne donnait un pistolet spontanément.

— Vraiment, fit Ronnie en souriant lentement. Bien sûr, on lui a donné du fric en contrepartie.

— C'est ça. Un ripou. Rien de nouveau.

Car malheureusement, ça ne l'était pas. Les gangs avaient des ententes, des contrats, des arrangements, quel que soit le nom qu'on veuille leur donner, avec la plupart des flics. Ça avait assuré leur sécurité jusqu'à un certain point. Et donné une vue très distordue de la loi.

— Samedi, fit Ronnie en se levant.

Il nomma un des parcs locaux.

— On te trouvera, fit-il en regardant durement Chase. C'est le moment de choisir son camp.

— J'ai choisi le mien en partant, répondit Chase en se levant et en secouant la tête.

— Gregory m'a demandé de te parler, fit Ronnie en souriant. J'ai accepté. Tu sais quel sera le résultat si tu fais le mauvais choix. Tu ne le verras jamais arriver.

Et, avec une nonchalance qui montrait à quel point l'homme était sûr de lui, la peur de jeunesse envolée, il se leva et traversa l'appartement jusqu'à la porte d'entrée. Chase le suivit. Quand Ronnie atteignit la porte, celle-ci s'ouvrit devant lui.

Markus se tenait contre le chambranle. Il paraissait aussi dur à cuire que n'importe quel motard de gang que Chase avait jamais vu.

— Salut, Ronnie, dit Chase doucement, en voyant la porte se fermer alors que, des années plus tôt, Ronnie l'aurait sans doute claquée.

Sans un mot de plus, Ronnie partit.

Markus entra et regarda durement Chase tout en le dévisageant.

— C'est qui ? fit-il, toujours aussi franc.

Il ne s'embarrassait jamais de subtilité et quand il voulait qu'on réponde aux questions, il était direct.

Chase hésita sur la réponse à donner et se décida pour la vérité. Brett n'était pas en ville, ce qui laissait Markus comme seul interlocuteur.

— Il s'appelle Ronnie. Il fait un peu partie de mes antécédents, qui, malheureusement, n'appartiennent plus au passé.

Chase tourna les talons et repartit dans la cuisine, où il versa deux tasses de café. Il en fit glisser une vers Markus de l'autre côté du comptoir.

Ce dernier s'en saisit et attendit. Comme Chase ne donnait pas plus d'informations, il prit la parole :

— Explique.

— Tu n'y vas pas par quatre chemins, hein ? dit Chase en souriant.

— Jamais. Arrête de temporiser, répondit Markus en passant à la terrasse, où il s'assit sur la chaise qu'avait utilisée Ronnie.

Il posa le café sur la table et attendit. Chase s'assit.

— C'est plutôt une sale histoire. Mais c'est comme ça avec les secrets. Tôt ou tard, ils refont surface.

— Tellement vrai.

Chase se demanda par où commencer puis, lentement, révéla à Markus son enfance difficile, puis son adolescence jusqu'à son départ et finit en disant :

— Et si Ronnie n'était pas apparu aujourd'hui, je n'aurais pas eu besoin de m'engager dans cette voie. Mais comme Gregory a été arrêté et que le procureur cherche à le mettre à l'ombre pour un bon bout de temps, eh bien, il y a maintenant des problèmes auxquels je ne peux pas échapper.

Silence.

— Donc, ce type, Gregory, a été arrêté mais il est en liberté provisoire. La police cherche des preuves pour l'emprisonner bien plus longtemps. On parle de quoi, là ? De drogue ? De meurtre ?

— Les deux, répondit Chase en haussant les épaules.

— Et maintenant, ils veulent savoir si tu leur es toujours loyal. C'est à peu près ça ?

— Ouais, c'est à peu près ça, acquiesça Chase. Sinon, il y aura une balle avec mon nom et je ne la verrai pas venir.

— Putain, tu es dans de beaux draps et tu ne le savais même pas, fit Markus en riant. Sur un autre sujet, Mason vient de me dire qu'Amrit veut te voir. C'est un bon gamin.

Chase sourit. Il sortit le papier pour trouver le numéro de téléphone et le lança sur la table.

— Je suis censé appeler cette bonne femme et fixer un rendez-vous. J'avais l'intention de le faire aujourd'hui mais quand je suis entré, Ronnie se trouvait déjà dans mon appartement. Peut-être que tu devrais l'appeler, toi, si tu veux voir Amrit aussi.

— Ronnie était chez toi ? demanda Markus, alarmé.

— Et je ne suis pas sûr de ce que je dois faire, opina Chase. C'est la première fois que je vois Ronnie depuis plus d'une décennie.

— Et quelle preuve as-tu qui les inquiète ?

— À leur connaissance ? Ce que j'ai vu de mes yeux et écrit dans un journal, à l'époque et une fois que je suis parti. Si je témoignais dans un tribunal… Ouais, ça pourrait mettre à l'ombre Gregory et plusieurs de ses lieutenants à vie. Quand j'avais quatorze ans, ajouta Chase en voyant le regard interrogateur de Markus, j'ai vu Gregory descendre plusieurs hommes et mon meilleur ami. C'est comme ça que je suis entré de force dans le gang. C'était devenir membre ou mourir. Et ils laissaient planer une menace au-dessus de la tête de ma mère pour me faire obéir ensuite…

— Et depuis ? Quand est-ce que tu es parti ?

— Quelques semaines avant mon dix-huitième anniversaire. Ma mère a fait une overdose et ne constituait plus un moyen de chantage qu'ils puissent exploiter. Dès que j'ai eu assez d'argent pour prendre le bus et ficher le camp de la ville, j'ai saisi ma chance et me suis échappé. J'ai rejoint la marine la semaine où je suis arrivé en Californie, fit-il avant de prendre une gorgée de café et de reposer sa tasse. C'était à peine quelques jours avant mon dix-huitième anniversaire.

— Et tu les as revus depuis ?

— Non, sauf il y a dix minutes, dit Chase en secouant la tête.

— Une idée de la manière dont ils t'ont retrouvé ?

— Non, répondit-il avec force, je n'ai aucune famille ni d'amis de cette période de ma vie, alors je ne sais absolument pas comment ils m'ont retrouvé. J'avais espéré disparaître au sein de l'armée et ça avait marché jusqu'à présent, mais quelque chose a foiré et ils m'ont retrouvé.

— Tu n'es plus cet adolescent effrayé de dix-sept ans. Ta mère est morte, ils n'ont plus d'emprise sur toi et tu n'es plus seul. Tes frères SEAL assurent tes arrières. Mais je dois te demander, et tu dois me dire la vérité : as-tu tué quelqu'un pendant tes années dans le gang ?

— Non, dit Chase en secouant la tête. Et je n'étais jamais là pour assister à une fusillade, sauf au début. Je vivais déjà un jour à la fois et cette énorme peur écrasante était constamment renforcée par leurs menaces. Je n'ai jamais été un membre à part entière. J'ai toujours été un des initiés, mais jamais accepté.

— Et pourquoi ?

— Parce que je ne leur ai jamais pardonné d'avoir tué mon meilleur ami. Je ne leur ai jamais fait confiance, dit Chase. Et ils le savaient.

— Et donc, ils ne t'ont jamais fait confiance eux non plus.

— Exactement. Je pense que si j'étais resté, il y aurait eu un moment de vérité. C'est une des raisons pour lesquelles j'essayais de partir. Mais je ne pouvais pas vraiment laisser ma mère à leur merci.

— On doit prévenir les autres, déclara Markus sur la terrasse. Il faut qu'ils soient au courant.

— Et dire que j'espérais de pouvoir passer outre, blagua Chase.

— Hors de question.

Markus resta et discuta un peu plus longuement du problème, avant de se lever.

— Parles-en à Mason. On fera ce qu'on pourra. Et fixe un rendez-vous avec Amrit, fit-il en indiquant le papier sur la table. Peut-être qu'il n'y avait personne pour t'aider autrefois mais ça ne veut pas dire qu'on ne peut pas aider un autre petit garçon maintenant.

— C'est un cas légèrement différent, dit Chase, mais je vais appeler.

— Pas du tout différent. C'est toujours un petit garçon qui a besoin d'aide, fit Markus avant de sortir en refermant la porte derrière lui.

Chase tendit la main, prit le bout de papier et sortit son téléphone. Il composa le numéro et attendit jusqu'à ce qu'une femme réponde d'une douce voix mélodieuse.

— Bonjour, Vanessa. Je m'appelle Chase et je crois que nous connaissons tous les deux un petit garçon du nom d'Amrit.

CHAPITRE 4

VANESSA EUT ENVIE de laisser éclater sa joie. Elle avait réussi. Elle avait fini par joindre Chase, l'ami d'Amrit. Ça faisait des semaines qu'elle essayait.

— Merci de m'appeler, dit-elle. Amrit vous demande.

— J'ignorais qu'il était aux États-Unis, admit Chase. La dernière fois que je l'ai vu, il était à l'hôpital et récupérait de ses blessures.

— Il est passé par notre centre avec un traitement un peu spécial à cause des circonstances particulières de son départ, répondit-elle simplement, sachant qu'il comprendrait.

— Bon.

Un silence gêné s'installa, puis Chase demanda :

— Comment s'adapte-t-il ?

— Il a du mal, répondit-elle. J'espère que s'il vous voit ici et que vous avez une chance de discuter, il pourra avancer dans la vie un peu plus facilement. Son frère s'en sort bien mieux. Mais en ce moment, Amrit essaie d'éviter l'école. En fait, il préfère ne pas quitter du tout l'appartement.

— On ne dirait pas le Amrit que j'ai connu.

— Je ne connais que le Amrit que j'ai rencontré ici.

— Croyez-vous qu'il a peur d'être attaqué ? Peur que son passé le poursuive ?

— Je n'en ai aucune idée, admit-elle. J'espérais que peut-être, en vous voyant, ça le rassurerait et qu'il saurait qu'il est maintenant en sécurité.

— Avez-vous parlé à l'école des problèmes possibles qu'il pourrait essayer d'éviter ? S'il ne veut pas y aller, on dirait que c'est plutôt l'école le problème.

— L'école n'a pu apporter aucun éclairage. Les garçons vont bien physiquement.

— Son frère aussi ? Il était blessé plus gravement qu'Amrit.

— Son frère se fait appeler Peter et semble aller très bien. Je pense qu'il est sacrément soulagé d'être ici, en Amérique.

— Bien, c'est la réaction que j'attendais. Quand pourrais-je voir les deux frères ?

— Je pense que leur mère voudrait aussi vous voir. Elle n'a jamais eu l'occasion de vous remercier d'avoir sauvé ses fils.

— Et elle n'a pas besoin de le faire. Mais je serais heureux de la rencontrer et de la rassurer. Je ferai ce que je pourrai pour les aider.

Vanessa fixa rapidement un rendez-vous pour le lendemain, un samedi, en début d'après-midi.

— Rencontrons-nous à Central Park vers treize heures.

Une fois qu'elle eut son accord, elle raccrocha et lâcha une grande exclamation.

— Enfin, quelque chose qui va dans mon sens, dit-elle en souriant quand les autres se tournèrent dans le bureau pour la regarder.

L'après-midi suivant, elle arriva au parc un peu en avance. Elle se tourna et vit Amrit et Peter courir vers elle tandis que leur mère marchait posément derrière eux. Vanessa se mit à rire et les serra fort dans ses bras. Elle sourit.

— Quelle belle journée à passer dehors !

De fait, c'était une belle journée. Le soleil brillait, il soufflait une brise légère. Le parc était très fréquenté. Vanessa indiqua plusieurs bancs de l'autre côté de l'aire de jeux.

— Allez vous amuser. Je vais m'asseoir ici pendant que vous allez jouer.

Les garçons se regardèrent puis tournèrent le regard vers elle, comme pour lui dire qu'ils étaient trop âgés. Puis ils éclatèrent de rire et partirent en courant. Vanessa s'assit et se mit à attendre Chase.

En s'asseyant, elle vit plusieurs hommes qui se tenaient de l'autre côté de l'aire de jeu. Elle n'en reconnut aucun et trouva que le groupe avait une drôle d'allure. Plus de muscles que de cervelle, peut-être. Aucun enfant près d'eux. Elle rejeta cette idée et se tourna vers Sinja.

— Comment était Amrit ces derniers jours ?

Celle-ci sourit.

— Quand on lui a dit hier qu'il allait rencontrer Chase, il est devenu très excité – bien mieux. Mais les jours précédents… pas très bien.

Elles attendirent en regardant les garçons se courir après dans l'aire de jeu. Ils étaient petits pour leur âge. Personne n'aurait dit qu'ils avaient dix et douze ans. C'était peut-être une bonne chose – ils pouvaient récupérer une partie de leur enfance perdue. Au moment où elle craignait que Chase ne vienne pas, elle remarqua un homme marchant sur le trottoir, les yeux fixés sur les garçons.

Vêtu d'un tee-shirt moulant, tatoué et musclé, il ressemblait aux hommes à l'autre bout du square mais il s'arrêta à l'aire de jeu. Il étudia les garçons assez longtemps et ça la mit mal à l'aise. Elle allait se lever et se rapprocher quand il cria :

— Amrit ? Peter ?

Les garçons s'arrêtèrent, le virent et se ruèrent vers lui. Il en prit un dans chaque bras, les souleva et fit un tour sur lui-même avant de les reposer par terre.

— C'est super de vous voir tous les deux ! s'écria Chase en les serrant dans ses bras. La vie est tellement meilleure de ce côté-ci. Pas de sable, fit-il avec un grand sourire.

Les garçons riaient, criaient et parlaient à toute allure.

Vanessa sourit.

— Voilà donc Chase, dit-elle à haute voix.

Jeune, blond mais avec cette attitude volontaire de tant de militaires. Chase était dans la marine et, selon les rumeurs entendues quand elle avait essayé de le retrouver, c'était un SEAL mais personne ne l'avait confirmé. Naturellement. C'était la règle dans l'armée. Dont elle ne faisait pas partie.

Mais elle pouvait croire à ces rumeurs. Il semblait posséder ce qu'il fallait pour se dépasser et réussir comme tous les autres. On entendait des histoires folles et trop incroyables pour les croire mais elles avaient leur utilité et elle n'avait aucune raison de douter qu'elles étaient en partie vraies.

Sinja à ses côtés, Vanessa se leva et se dirigea vers les trois gars. Quand Chase leva les yeux vers elle, elle faillit s'arrêter de respirer en voyant la cicatrice qui lui barrait le visage. Elle inspira profondément et tendit la main.

— Salut. Moi, c'est Vanessa.

Chase lui serra la main. Puis il se tourna vers Sinja.

— Bonjour, fit-il avec un doux sourire. Je suis heureux de vous voir ici avec les garçons.

Les présentations faites, ils retournèrent tous jusqu'au banc et les garçons mitraillèrent Chase de questions. Il fit preuve de beaucoup de tolérance et de patience en leur répondant, puis ce fut à lui de leur poser quelques questions d'une voix taquine.

Finalement, quand la conversation s'arrêta, Chase saisit

l'occasion.

— Qu'est-ce que j'entends, tu ne vas pas à l'école très souvent ?

— Ça fait drôle, répondit Amrit en retroussant le nez. Comme si les gens me regardaient.

Le silence tomba sur le petit groupe. Vanessa retint sa respiration. Était-ce l'imagination d'Amrit ou bien est-ce qu'une partie de sa malchance l'avait suivi jusqu'ici ?

Elle jeta un coup d'œil à Chase, qui dévisageait Amrit. Il sortit un calepin, y écrivit un numéro de téléphone et le tendit à Amrit.

— Si jamais tu as l'impression qu'on te suit ou si tu as peur pour ta vie, appelle-moi. Je ne te garantis pas d'être toujours là à cause de mon travail, mais je ferai de mon mieux.

Le visage d'Amrit se fendit d'un grand sourire. Il saisit le papier, le mit dans sa poche et se rua à nouveau vers l'aire de jeux, Peter sur ses talons.

— Merci, cria-t-il.

Sinja serra la main de Chase et les laissa seuls tous les deux pour se rapprocher de ses fils.

— Ça s'est bien passé, dit Vanessa en souriant. Il avait peut-être simplement besoin de savoir qu'il n'est pas seul.

— Peut-être, fit Chase d'une voix évasive, le regard fixé sur les garçons. Ça serait chouette si tous les problèmes dans la vie étaient si facilement résolus.

— Oui, dit Vanessa en se levant, et elle se tourna pour lui faire face : Merci d'être venu.

— Pas de quoi, fit-il en indiquant les garçons. Il ne leur manquera certainement rien maintenant. Leur vie est tellement différente de celle d'avant.

— Pouvez-vous m'en dire un peu plus sur leur vie

d'avant ? demanda-t-elle doucement en regardant elle aussi les garçons.

Chase lui parla de leurs conditions de vie, de leur père traîné hors de village et tué sous leurs yeux, des coups qu'eux et leur mère avaient reçus. Comment ils avaient cherché à manger et faisaient des courses dans le camp pour les hommes afin de mettre un peu d'argent de côté.

— Les occasions d'aider ces gamins sont infinies, fit-il en haussant les épaules. Je ne suis pas resté longtemps. Je suis surpris qu'Amrit se souvienne, admit Chase. Je n'ai fait que jouer au foot avec lui pendant quelques jours. Je suis sûr que bien des hommes en mission là-bas ont eu un plus gros impact sur sa vie.

— Je pense que c'est parce que vous l'avez sauvé. Tous les autres hommes se sont effacés mais il se rappelle votre visage.

— Une fois qu'il commencera à trouver ses marques, fit-il avec un grand sourire, les mauvais souvenirs s'effaceront aussi.

Il se tourna pour se diriger vers l'allée et quitter le parc, quand elle lui dit de façon impulsive :

— Vous êtes doué avec les enfants.

— J'ignore pourquoi, avoua Chase en riant. Je fais beaucoup de bénévolat avec les gamins mais je n'en ai pas moi-même.

Il jeta un dernier regard aux garçons et à l'aire de jeux puis tourna les talons et emprunta l'allée.

— Dommage, dit-elle tout bas.

Il aurait été un père formidable. Au moment où elle allait se tourner et partir par le chemin par lequel elle était arrivée dans le parc, elle se rendit compte qu'il s'était arrêté. Il tourna sur lui-même et fronça les sourcils, fixant non pas l'aire de jeux, mais les hommes à l'autre bout. Il lui jeta un coup d'œil, puis aux enfants, et parut prendre brusquement une décision.

Elle entendit un claquement sec. Puis quelque chose frappa le banc à côté d'elle.

Elle fut jetée à terre, couverte d'une lourde couverture et des mots durs résonnèrent dans ses oreilles.

— Restez couchée et ne bougez pas.

Le poids se fit plus léger quand Chase s'envola.

Elle tourna la tête et le vit courir vers l'aire de jeux. Peter et Amrit se tenaient au sommet de la structure en bois et fixaient le banc, l'air effrayé. Mais ils l'avaient vue jetée par terre. Et avaient entendu le même bruit qu'elle. Elle s'assit et observa toute l'aire de jeux mais ne vit rien d'anormal.

Le groupe d'hommes musclés installés plus tôt sur le banc à l'autre bout du parc marchait lentement vers un véhicule. Ils ne semblaient pas pressés et ne portaient pas d'arme, à ce qu'elle voyait. Ce n'était pas parce qu'ils étaient grands et costauds que c'étaient des voyous. Ils étaient trop vieux et trop bien habillés pour ça. D'ailleurs, pourquoi est-ce qu'ils s'en allaient ? Qu'est-ce qu'elle y connaissait ?

De sa position, elle vit qu'un côté du banc en bois était brisé. Peter et Amrit, poussés par Chase, se dirigeaient vers le parking qui se trouvait à la sortie la plus proche de chez eux. Sinja était avec eux. Vanessa se dépêcha de les rejoindre. Quand elle arriva, Chase la regarda.

— Je vous avais dit de rester à terre, fit-il d'une voix dure.

Elle acquiesça.

— Les garçons étaient là à cause de moi. Je dois savoir qu'ils vont être protégés, dit-elle à voix basse.

Hors de question qu'elle laisse ces gamins être blessés.

Était-ce son imagination ou lui avait-il signalé son approbation de la tête ? Elle se redressa et sourit. Elle se sentait mieux.

Une fois les enfants de retour à leur appartement, Chase fournit d'une voix joyeuse une explication douteuse sur ce qui s'était passé. Après avoir pris congé, il raccompagna Vanessa dans la rue longeant le bâtiment.

— Où êtes-vous stationnée ?

— À l'autre bout du parc.

— Bien. Allons-y, fit-il en la ramenant vers le parking.

— Qu'est-ce qui est arrivé au banc ?

— Je n'en sais rien, répondit-il joyeusement. Mais ça m'a semblé une bonne idée de ramener les gamins en sécurité chez eux.

— Alors, comment avez-vous su qu'il se passait quelque chose ? Vous vous dirigiez vers le parking et vous vous êtes brusquement retourné pour regarder les hommes à l'autre bout.

— J'ai fait ça ? demanda-t-il en se tournant vers elle.

— Oui, dit-elle sèchement en dégageant son bras.

— D'accord, fit-il en lui reprenant le bras pour le passer sous le sien. Allons boire un café.

Surprise par la tournure des événements, elle se demanda si c'était sa façon de changer de sujet ou une indication qu'il allait s'expliquer plus amplement. Elle était prête à boire un café, mais plus encore à obtenir des réponses.

De plus, c'était un type bien. Frustrant, mais bien.

— D'accord, à condition que vous me donniez un peu plus d'infos.

— Persistante, hein ? fit-il en riant.

— Hé, c'est vous qui m'avez poussée par terre et m'avez dit de rester là, dit-elle en lui tapotant le bras. Je suppose que c'était parce que j'étais en danger. Mais j'aimerais savoir à quoi j'ai affaire.

— Intéressant. Que s'est-il passé d'après vous ?

— Je pense que quelqu'un a tiré sur le banc mais je ne crois pas qu'on me visait. Je faisais une cible assez facile si on avait voulu me toucher.

— Je pense que ça m'était destiné. Un avertissement.

Il lui fallut un long moment pour digérer cette annonce. Avait-elle rendu un mauvais service à Amrit en le mettant en contact avec Chase ? C'était la dernière chose qu'elle voulait faire.

— Est-ce que quelqu'un essaie de vous faire du mal ?

— Je n'en suis pas sûr, fit-il en secouant la tête, mais je vais le découvrir.

Et elle le crut sur parole.

IL LE DÉCOUVRIRAIT même si c'était la dernière chose qu'il faisait. Mais d'abord, il devait savoir si les garçons étaient en danger.

— Quand est-ce qu'Amrit et Peter doivent déménager ?

— À la fin du mois. La semaine prochaine, en fait. On a un logement plus près de l'école pour eux. Et Sinja devrait aussi pouvoir trouver du travail.

— Hum. Serait-il possible qu'ils déménagent plus tôt ? demanda-t-il. Je ne pense pas qu'ils soient en danger, mais pourquoi leur faire vivre d'autres problèmes quand ils sont jeunes ?

— Sinja n'a même pas commencé les cartons. Ça va probablement prendre quelques jours pour qu'elle déménage de toute façon.

Chase opina de la tête. Il la guida gentiment pour la faire

aller dans une autre direction de l'autre côté de la rue. Après un moment, il l'amena vers le café d'une chaîne à la mode et lui tint la porte ouverte pour qu'elle entre.

— Qu'est-ce que vous prendrez ? demanda-t-il.

— Un simple café, répondit-elle. Merci.

— Il y a une table libre là-bas, indiqua-t-il en montrant cette dernière. Allez vous y asseoir. J'apporte le café.

Elle acquiesça et se fraya un chemin parmi la foule. Quand ce fut au tour de Chase, il commanda deux cafés et, se disant qu'elle n'avait probablement rien mangé, quelques cookies. Ou peut-être les cookies étaient-ils en réalité pour lui.

Il posa le tout sur la table puis s'assit sur le siège en face d'elle.

Il attendit la question qu'elle n'avait pas encore posée. Après avoir remué son café tout en fixant la table, elle leva la tête.

— Est-ce que je suis en danger ?

Il étudia ses yeux et se perdit un peu dans ce vaste regard couleur chocolat. Vanessa était ravissante. Les cheveux noirs, une peau d'albâtre … Il se secoua mentalement. Ce n'était pas le moment.

— Je ne sais pas, répondit-il le plus honnêtement possible.

— Vraiment ? dit-elle en reposant sa cuillère et en lui jetant un regard dépité. Quel lien y a-t-il entre ces hommes dans le parc et vous ?

— Je ne sais pas vraiment qui ils sont, admit-il. Mais il est possible que ça vienne de quelqu'un qui veut que je disparaisse.

— Alors c'est si sérieux que ça ? s'exclama-t-elle dans un murmure rauque tandis que ses yeux s'écarquillaient de surprise.

— Je crois, opina-t-il.

— Merde.

— Exactement, fit-il en se penchant et en couvrant gentiment sa main de la sienne. Et à ce propos, je pense que je dois vous poser cette question : vivez-vous seule ?

Les lèvres de Vanessa formèrent un O mais il ne sortit aucun son. Il lui serra gentiment le bras.

— Ça veut dire oui ?

Elle acquiesça.

Il décida qu'elle avait le droit d'en savoir plus que ce qu'il avait déjà dit, et il lui donna une version abrégée des événements.

Il retira son bras et but une gorgée de café. Sans doute était-ce Gregory qui était assis sur le banc. Ronnie n'était pas avec lui mais il n'était sûrement pas très loin. Et peut-être même que c'était lui qui avait tiré le coup de semonce. Pourquoi s'étaient-ils trouvés dans le même parc ?

Ils lui avaient dit qu'ils le retrouveraient, et ils avaient tenu parole. Quand il les avait connus, c'étaient des voyous mais pas de super détectives capables de découvrir ce genre d'information. Pourtant, c'était arrivé. Et ils l'avaient vu avec les garçons et Vanessa. Il doutait que les garçons représentent un problème. Mais il s'était aussi assis auprès d'elle.

Son portable vibra et il le sortit de sa poche. Il jeta un regard à Vanessa.

— Désolé, c'est important.

Cependant, elle ne sembla pas le remarquer.

C'était Markus.

« *Coups de feu dans le parc ?* »

« *Oui, Gregory. Les garçons, Vanessa et Sinja étaient tous avec moi. Ils pourraient tous être en danger.* »

Il étudia Vanessa, qui avait l'air plus sous le choc qu'à leur arrivée dans le café.

— J'ai trouvé qu'ils avaient l'air de voyous. Quand je suis arrivée au parc, ils y étaient déjà, dit-elle en secouant la tête. Ils ne semblaient pas à leur place.

— Ils ne sont pas d'ici. Je les ai laissés à Chicago.

— Vous étiez l'un des leurs ?

— Il y a un million d'années, quand j'étais un ado effrayé.

— C'est ce que je me disais, opina-t-elle.

— C'est très généreux de votre part, fit-il, les sourcils arqués de surprise.

— Non, dit-elle en secouant la tête, vous avez l'air d'être passé à la moulinette dans la vie et de vous en être super bien sorti. Et quiconque possédant une attitude volontaire l'a appris en combattant dans les plus dures batailles de la vie.

Elle lui fit un petit sourire et toucha le tatouage sur le bras.

— Et puis j'ai reconnu ça.

Il fixa le tatouage puis reporta les yeux sur elle, sourcils levés.

— Quoi donc ?

— Vous avez tenté de couvrir un ancien tatouage. Quand j'ai vu le même sur l'homme, j'ai su que c'était un gang. C'est facile à voir maintenant que je le cherche.

— Oh, j'espère que ce n'est pas si facile, fit-il. Je ne veux pas que quelqu'un d'autre le sache.

En fait, ça le dérangeait beaucoup qu'elle l'ait vu.

Elle parcourut le restaurant du regard puis sortit une jambe sur le côté et remonta son pantalon. Il leva les yeux par-dessus le bord de la table et vit ses chaussures ouvertes. Il y avait aussi un tatouage autour de sa cheville. Il ne comprit pas sa signification mais on aurait dit des fleurs formant une couronne.

— Pour moi aussi, c'était autre chose avant.

Il se cala sur sa chaise.

Il la regarda intensément. À quel point le comprenait-elle ?

— Vous apparteniez à un gang ?

Elle haussa les épaules et rit, mais avec une certaine amertume.

— Je ne sais pas si j'appellerais ça un gang. Les filles sont plus méchantes qu'un membre de gang mais elles ne donnent pas dans les os brisés et les plaies à vif. Elles vous déchirent le cœur et vous laissent vivante à l'extérieur et mourante à l'intérieur.

Elle parut chasser ce souvenir douloureux.

— C'est pour ça que je passe maintenant ma vie à aider les autres.

— Vous travaillez pour Sauvetage international ?

— Oui, dit-elle. J'ai été moi aussi immigrante. Et j'ai payé le prix d'être différente. J'ai immédiatement rejoint un groupe de filles pour essayer de m'intégrer, mais elles m'ont traitée plutôt durement. Et puis, quand mes parents sont morts, elles sont devenues vraiment cruelles, dit-elle avant de hausser les épaules. Les gens.

Il étudia son visage et se rendit compte qu'il avait déjà entendu un accent approchant mais pas depuis un long moment.

— Amérique du Sud ?

— Bravo, dit-elle en riant. J'étais jeune. Quand on est arrivés, je me suis battue pour m'intégrer.

— Les gamins sont souvent cruels. Si vous êtes prête à rentrer chez vous, je vous raccompagne maintenant, fit-il en indiquant la tasse de café vide de Vanessa.

— Ça ira, dit-elle en secouant la tête. Ils en ont après vous. Ils ont leur propre code et ça n'inclut pas d'étranger. Je ne serai pas en danger. Mais vous pouvez me raccompagner à ma voiture.

Elle se leva en lui adressant un sourire.

— Bien sûr.

Il tendit le bras et elle glissa sa main à son coude. Ils traversèrent le parc ensemble jusqu'à la voiture de Vanessa. Il s'était garé à deux voitures d'elle. Il attendit qu'elle entre et démarre le moteur, puis se pencha et lui dit :

— Faites attention à vous.

Le visage de Vanessa se décomposa, comme si elle s'était attendue à ce qu'il dise autre chose. Il se rendit compte qu'il en avait vraiment envie mais ce n'était certainement pas le moment. Pas s'il avait quelqu'un à ses trousses. La dernière chose qu'il souhaitait, c'était d'impliquer un autre innocent dans son monde de dingues.

Elle hocha la tête, passa la marche arrière et sortit lentement de sa place. Au moins, il avait son numéro de téléphone. Comprenant que ce n'était pas suffisant, il sauta dans sa voiture et la suivit. Il pouvait aussi s'assurer qu'elle rentrait chez elle en sécurité.

Quand elle entra dans son complexe, elle lui fit signe de la main. Se sentant mieux, il s'éloigna sur la route.

Il lui fallait s'interroger sur ce qu'il avait vu plus tôt. Avait-il vraiment vu Gregory dans le parc ? S'il avait vu Ronnie, il en aurait été sûr, mais ça faisait plus d'une décennie qu'il n'avait pas vu Gregory. Il avait reconnu les tatouages mais pas les visages.

Tout comme lui, ils avaient tous dix ans de plus.

Mais il ne pouvait simplement pas être sûr. Puis il se

rappela ce dont il aurait dû se souvenir immédiatement.

Il donna un coup de volant et fit un détour rapide par le parc, marcha jusqu'au banc et étudia le bois. Naturellement, il y avait une balle dans le bois à travers la structure métallique. Il sortit de sa poche un couteau suisse et réussit à l'extraire. Il la fit sauter quelques instants dans sa main puis passa un coup de fil.

Court et direct. Le moment était venu.

CHAPITRE 5

L E RESTE DE l'après-midi sembla irréel. Elle ne pouvait toujours pas croire que quelqu'un avait tiré sur le banc où elle était assise. Et que c'était un avertissement destiné à Chase. À sa connaissance, personne n'avait de problème avec elle.

Il y avait aussi un autre élément nouveau sur lequel elle n'avait pas vraiment voulu s'attarder. Il s'agissait de son premier rendez-vous en un an – depuis le départ de son ex. Si boire un café pour obtenir des réponses comptait.

Elle entra dans son petit appartement et alluma la bouilloire. Elle avait bu du café avec Chase mais voulait se réconforter avec une tasse de thé. À cet instant, n'importe quel réconfort ferait l'affaire.

Une fois de plus, elle sortit son téléphone. Elle avait ajouté le nom de Chase et son numéro dans ses contacts après qu'il l'avait appelée.

Elle avait envie de l'appeler pour voir s'il allait bien. C'était idiot. Mais il s'était assuré qu'elle rentre chez elle en sécurité… Qui le ferait pour lui ? Seulement, elle le connaissait à peine. Et certainement pas assez pour l'appeler et vérifier qu'il allait bien. Lui dire qu'elle avait vraiment apprécié ce qu'elle avait vu et s'inquiétait pour lui… Cela ne fit que redoubler son inquiétude. Elle appuya vite sur appel et il répondit tout de suite.

— Vanessa, ça va ?

— Bien, dit-elle. Je ne pouvais pas m'empêcher de me faire du souci pour vous.

— Je vais bien, répondit-il en riant, l'air surpris.

— D'accord. Bon, dit-elle en se passant la main sur le front.

Elle ne savait pas quoi dire et reprit, à tout hasard :

— Je suppose que je n'arrivais pas à vous chasser de mes pensées.

La voix de Chase se fit plus grave, ce qui déclencha un frisson qui lui parcourut l'échine pour finir par un coup de poing dans le ventre.

— J'adore entendre ça.

— Ah ! Ce n'est pas exactement ce que je voulais dire.

— Dommage. J'aimerais bien vous revoir.

— Vraiment ? demanda-t-elle d'une voix dubitative.

— Vraiment, confirma-t-il. Mais ce n'est pas réellement le bon moment.

Évidemment. Ça ne l'était pas. Pour lui, c'était une échappatoire facile. En outre, elle n'était pas prête pour une nouvelle relation et elle ne le serait jamais.

— Je ne veux pas qu'on pense que nous sommes proches et qu'on s'en serve pour faire de vous une cible.

— Trop tard, rétorqua-t-elle, sourcils arqués. Vous vous rappelez cette balle, aujourd'hui ?

— Oui, fit-il doucement. C'est pour ça que je vous en parle.

Contrariée, elle regarda par la fenêtre. Ce n'était pas exactement ainsi qu'elle avait imaginé cet appel. Même si elle ne s'était pas vraiment fait d'idées. Quoique, si elle en était perturbée – elle en avait peut-être certaines en son for intérieur. Elle inspira et tenta de trouver une manière élégante de s'en sortir.

— Bon, nous devrions dîner ensemble. Et je devrais vraiment vous surveiller. Alors, pourquoi est-ce que je n'apporterais pas quelque chose chez vous ?

Elle en resta presque bouche bée. Elle eut une exclamation de surprise.

— D'accord, dit-elle au bout d'un moment.

— Bien, fit-il, et il lui demanda le numéro de son appartement. Je serai là dans une heure.

Puis, il raccrocha.

Elle se retrouva téléphone en main, interdite par ce qui venait de se passer. Elle fit le tour de son appartement du regard et grimaça. Ça faisait une éternité qu'elle n'avait pas reçu du monde. C'était le moment de faire un peu de ménage.

En fait, une heure suffisait pour abattre pas mal de besogne. Après avoir nettoyé les planchers, passé l'aspirateur, dépoussiéré par ci, par-là, rangé sa chambre et changé les draps – et non, elle ne voulait pas examiner de trop près pourquoi elle avait changé les draps alors qu'il venait simplement dîner et qu'elle le connaissait à peine –, on frappa à la porte. Elle se précipita dans l'entrée, tout sourire… et se figea.

Appuyé au chambranle se trouvait un homme très grand et très musclé en débardeur. Chauve, portant une seule boucle d'oreille, il fichait la trouille. Nerveuse, elle afficha un sourire.

— Oui. Je peux vous aider ?

Il étudia longuement son visage puis hocha la tête.

— Oui. Tenez-vous loin de Chase.

Mon Dieu ! Était-ce l'homme qu'elle avait vu dans le parc ?

— Pourquoi ? dit-elle froidement.

— Parce que je pense qu'une femme comme vous n'a pas envie de mourir dans les prochains jours, fit-il avec un doux sourire qui contredisait ses paroles.

Puis il tourna les talons et remonta le couloir, la laissant bouche bée.

Il avançait vite pour un homme de sa taille et disparut avant qu'elle ne réagisse.

Elle était encore en train de fixer le couloir quand la porte de l'ascenseur s'ouvrit et que Chase en sortit.

— Qu'est-ce qu'il y a ? demanda Chase en se dirigeant rapidement vers elle. Il s'est passé quelque chose ?

Elle rentra dans son appartement et lui fit signe de rentrer après avoir regardé le couloir une dernière fois.

— Je viens d'avoir un drôle de visiteur.

Tremblant encore sous l'effet de cette rencontre, elle retourna dans la cuisine et remit la bouilloire à chauffer. Elle buvait peut-être trop de caféine. Tandis qu'elle regardait ses doigts tremblants, elle se rendit compte qu'il lui faudrait quelque chose de beaucoup plus fort.

— Qui ? demanda Chase qui l'avait suivi dans la cuisine et posait un gros sac sur le comptoir.

Quand il l'ouvrit, il s'en échappa de merveilleux arômes.

— Un de vos amis, dit-elle avec un rire éraillé. Ou peut-être pas. En gros, il m'a enjointe à me tenir loin de vous.

— Expliquez-moi.

Disparu, le Chase amical ; à sa place se tenait un homme dur avec une voix menaçante. Bizarrement, cette nouvelle personnalité ne la dérangea pas. Cela faisait ressortir son autorité et son sang-froid. Disparu, le dragueur au ton léger. C'était l'homme qu'on devait avoir à ses côtés face au danger.

Et il ne traitait pas cet événement comme une broutille.

Dieu merci. Elle inspira profondément et lui expliqua le peu qu'elle pouvait.

— Ronnie.

Elle vit Chase serrer les poings tout en fixant quelque chose au-delà du placard de la cuisine. Visiblement, il connaissait cet homme.

— Je suppose que la situation prend une sale tournure. Question : est-ce que c'est en rapport avec ce qui est arrivé dans le parc ?

— TOUT À fait. Si ce n'est qu'un avertissement, c'est une bonne chose, mais il est possible qu'ils m'aient vu entrer dans le bâtiment à l'instant et ça, ce n'est pas une bonne nouvelle.

— Est-ce que Ronnie est aussi un homme de main ?

— C'est plutôt un exécuteur, maintenant. Avant, il n'était personne, comme moi.

Chase parcourut le petit appartement du regard, son esprit évaluant ce qu'il savait et ce qu'il craignait de savoir. Le fait que Ronnie ait retrouvé Vanessa et son appartement, ce n'était pas bon signe. Comment avait-il fait ? Avaient-ils été suivis quand ils avaient quitté le parc ? Il savait que c'était une possibilité, mais sans penser que c'était probable. Ronnie n'aurait jamais fait un truc pareil avant. Ils se concentraient plutôt sur les criminels, pas sur les familles ou les amis de ceux à qui ils essayaient de forcer la main. Apparemment, les choses avaient plus changé qu'il ne croyait. Cela dit, ils avaient utilisé sa mère contre lui. Même s'ils ne l'avaient jamais abordée directement.

Il reporta son attention sur le sac et l'ouvrit pour en sortir des plats de brochettes de poulet, de riz et de légumes.

— Mangeons.

— Tout simplement ? Je ne suis pas sûre de pouvoir manger.

Puis elle sentit l'arôme des plats.

— Grec ? dit-elle en secouant la tête.

Elle huma et se mit à rire de plaisir.

— Comment avez-vous su ?

— Quoi donc ? fit-il en levant les yeux pour étudier son visage.

— Que j'adore la cuisine grecque ! s'exclama-t-elle.

Elle se tourna vers le placard et sortit deux assiettes, des couverts et les posa sur la table. Il se mit à partager les plats en parts égales sur les assiettes mais elle tendit la main et dit :

— Arrêtez.

— Qu'est-ce qu'il y a ? fit-il, une brochette à la main.

— Je ne peux pas manger tout ça. Le reste est pour vous.

— Bien, fit-il en déposant le reste de la nourriture dans son assiette et en prenant une chaise.

Ils mangèrent agréablement pendant quelques minutes avant qu'elle ne repose sa fourchette.

— Qu'est-ce qu'on va faire à propos de Ronnie ? demanda-t-elle.

Il fit une pause et contempla le tas de riz posé sur sa fourchette.

— Combien de temps ça vous prendrait de faire vos bagages ?

CHAPITRE 6

— JE NE vais pas faire ma valise, parce que je ne vais nulle part, répondit-elle calmement.

Elle saisit une brochette et en fit glisser la viande. Puis elle leva les yeux vers lui.

— À vous de voir.

Il acquiesça sans dire un mot.

Elle fronça les sourcils, se méfiant de ce silence. Elle le regarda manger quelques bouchées de plus puis lui demanda d'une voix soupçonneuse :

— Quoi ? Rien à dire ?

— Que voulez-vous que je dise ? fit-il avec une grimace, avant de poursuivre calmement : Si vous ne voulez pas faire vos bagages et emménager chez moi, c'est bon. Après dîner, je rentre prendre mes affaires pour la nuit et je reviens ici. Ce n'est peut-être pas aussi confortable mais je vais gérer. En fait…

Il sortit son portable et passa un rapide coup de fil.

Elle resta là, à bafouiller sur place. Il était hors de question qu'il passe la nuit ici avec elle. Elle jeta un regard circulaire sur son petit appartement. C'était déjà bien assez petit pour elle toute seule. Il n'y avait que son lit pour dormir. Le canapé était une simple causeuse. L'espace était trop petit pour Chase. Elle s'adossa à sa chaise, n'ayant plus faim d'un coup, et étudia Chase pendant qu'il téléphonait.

Quand il raccrocha et se tourna vers elle, il avait un grand sourire.

— Bonne nouvelle, lança-t-il, tout joyeux. Un de mes amis va venir me porter mon sac pour la nuit, comme ça je n'ai pas à vous laisser seule.

— Bon sang, dit-elle, ses épaules s'affaissant.

— Ouais, vous n'allez pas vous débarrasser de moi aussi facilement. Vous avez encore du café ? Ou dois-je lui demander de s'arrêter à l'épicerie pour acheter des en-cas pour la nuit et du café pour demain matin ?

— C'est stupide, rétorqua-t-elle, frustrée, en se demandant comment sa vie était brusquement devenue si compliquée. Ronnie ne prendra pas la peine de revenir.

— Vanessa, fit-il, cette fois sans aucune trace de gaieté dans la voix. Ces gars-là ne font jamais de menace en l'air – que des promesses.

— Vous connaissez bien ce type ?

— En ce moment, je ne le connais plus du tout, avoua Chase en reposant sa fourchette avant de repousser son assiette au milieu de la table. Je le connaissais il y a bien des années. Ça fait plus de dix ans que je n'ai rien eu à voir avec lui ou qui que ce soit du gang.

— Alors pourquoi en ont-ils après vous maintenant ? demanda-t-elle, et elle releva son hésitation à lui avouer la vérité. Écoutez, c'est ma vie qui est en danger, alors… S'il vous plaît, que se passe-t-il ?

Elle l'écouta tandis qu'il se confiait.

Elle comprit l'essentiel du peu qu'il lui raconta. Un membre du gang se retrouvait sur le banc des accusés et les autres pensaient que Chase pouvait avoir des informations pertinentes pour le procès à venir. Ils voulaient s'assurer qu'il se rappelait dans quel camp il était, et pourquoi.

— Waouh, ça craint vraiment, dit-elle en se réadossant. Mais ça n'a rien à voir avec moi.

— Maintenant, si, déclara-t-il fermement. On doit s'assurer qu'Amrit et Peter sont en sécurité. Le gang a un code d'honneur. En tout cas, il en avait un. Avant, les enfants ne pouvaient en théorie pas être pris pour cibles. Mais je ne peux pas le garantir.

— En théorie ? dit-elle, outrée. Ça ne suffit pas.

— Non, en effet. On va assurer leur sécurité. J'en parlerai à Markus quand il arrivera, promit Chase en se levant.

Il ramassa les assiettes et les couverts sales et se dirigea vers l'évier. Il le remplit rapidement d'eau chaude et lava la vaisselle.

Se rendant compte qu'elle le laissait agir comme s'il était chez lui, elle se leva, ramassa le sac et les boîtes vides et mit le tout à la poubelle. Elle avait besoin de reconquérir son espace – de reprendre le contrôle d'une situation qui avait bien trop dérapé. Elle le repoussa de la hanche.

— Laissez-moi finir.

— Trop tard. Allez vous détendre.

Il se mit à ouvrir les portes des placards devant elle.

— Où mettez-vous le café que j'en fasse une cafetière ? demanda-t-il en se tournant et en la heurtant.

Instantanément, il tendit le bras pour l'empêcher de tomber contre le comptoir.

— Je suis vraiment désolé. Je n'avais pas l'intention de vous faire sursauter.

— Vous êtes si vif ! s'exclama-t-elle. Je n'ai pas l'habitude.

— Ça fait partie de mes compétences, répondit-il avec un sourire.

Il la lâcha et se pencha pour lui donner un baiser sur le

front.

— Vous avez l'air vraiment stressée. Allez vous asseoir dans le salon. Je m'occupe du café.

Le laisser s'en tirer avec un baiser, c'était une chose, mais c'en était une autre de le laisser la pousser vers son salon en lui disant de se détendre.

— Je ne suis pas si fragile, protesta-t-elle. Le café est dans le tiroir sous la machine.

— Ça n'a rien à voir avec la fragilité.

Il ouvrit le tiroir, sortit le café et mesura une dose légèrement plus forte que ce qu'elle aurait utilisé normalement.

— Il s'agit de prendre le temps de se détendre. Aujourd'hui a été une journée stressante.

Tandis que le café coulait, il sortit deux tasses du placard et les posa sur le comptoir.

— Vous prenez du lait ou du sucre ? demanda-t-il, puis il s'arrêta et se corrigea. C'est vrai, vous le prenez nature.

Ça lui fit un plaisir démesuré qu'il s'en souvienne. Ils n'avaient pris un café qu'une fois, mais elle aimait qu'il soit doué pour les détails.

— J'aurais dû vous demander : vous avez un couchage supplémentaire ici ?

— Vous voulez dire des couvertures et un oreiller ? Alors la réponse est oui, répondit-elle en haussant les épaules.

— Ça ira, fit-il, mais avant qu'il ne puisse ajouter autre chose, on frappa à la porte d'une manière étrange – un coup fort suivi de trois petits coups rapides.

Chase alla à la porte et campa devant avant que Vanessa puisse l'ouvrir. Elle lui jeta un regard noir.

— Je suis chez moi.

— Vous n'ouvrez plus la porte, fit-il en secouant la tête. N'oubliez pas…

Il lui indiqua de regarder par le judas de la porte de l'appartement.

— C'est ce que j'allais faire, marmonna-t-elle, se sentant ridicule parce qu'il était évident qu'elle n'allait pas vérifier par le judas.

Elle avait déjà la main sur la poignée pour ouvrir.

— Je sais déjà que c'est Markus, fit Chase, mais peut-être pas la prochaine fois.

Il ouvrit la porte et laissa entrer un grand bonhomme. Le souffle coupé, elle recula, les yeux écarquillés. Ils avaient d'une certaine façon la même allure de dur à cuire mais, quand le regard de Markus tomba sur elle, elle y lut une gentillesse qui adoucissait son air féroce, lui donnant l'apparence d'un gentil géant.

— Salut. Moi c'est Markus.

— Markus fait partie de mon unité et c'est un grand ami. On peut lui faire confiance.

À ces mots, l'intéressé haussa les sourcils. Il était évident qu'il ne savait pas grand-chose. Elle en était heureuse car elle ne voulait pas que Chase raconte tout à tout le monde. Pas à ce stade où elle ignorait totalement ce qui se passait. Elle avait l'impression qu'ils savaient tous quelque chose dont elle n'avait pas connaissance.

— Salut, Markus. Ravie de vous rencontrer.

Elle lui fit signe d'entrer dans l'appartement qui se réduisait chaque fois qu'un de ces hommes passait le seuil. Ils étaient grands et, même si elle-même n'était pas minuscule, à côté d'eux, elle se sentait petite et trouvait son appartement encore plus petit. Elle espérait que Markus n'allait pas y passer la nuit aussi. Elle se mit à rire tout haut en imaginant les deux hommes essayer de trouver de la place mais se rendit compte qu'ils la regardaient d'un air bizarre.

— Il me rend dingue, confia-t-elle à Markus.

Elle lui sourit et lui proposa du café.

— Merci. Avec plaisir. Et il nous rend tous dingues, répondit Markus en lâchant le sac sur le plancher du couloir. C'est pour toi, Chase. Ça devrait suffire pour deux ou trois jours.

— Merci, répondit celui-ci, apparemment un peu distrait.

— Qu'y a-t-il ? demanda Vanessa en l'observant avec soin.

Il allait répondre, mais il se contenta d'un sourire radieux. Vanessa secoua la tête.

— Ne me mentez pas, dit-elle sèchement.

Markus éclata de rire et tapota gentiment l'épaule de Vanessa.

— Elle me plaît. Tu devrais la garder, fit-il en allant à la cuisine se verser un café, si bien que Vanessa réalisa qu'elle l'avait proposé sans aller jusqu'à le lui servir.

Troublée par les mots de Markus, mais pas par son mouvement, elle s'excusa.

— Désolée. J'allais vous le servir.

— Pas de souci. Ça me fait du bien. Merci, fit-il, et il alla s'asseoir à un des bouts de la causeuse. Chase, raconte-moi.

Ce n'était pas une demande mais un ordre. C'était à elle d'agir. Elle éclata de rire et s'assit à côté de lui.

— Chase, il me plaît. Vous devriez le garder.

Markus rit comme si elle avait dit la chose la plus drôle de tous les temps. Elle le regarda étrangement, puis haussa les épaules. Ah les hommes – qui les comprenait ?

Chase s'assit sur le fauteuil en face de la causeuse et raconta à Markus les tenants et aboutissants de la visite de

Ronnie.

— Tu sais qu'il n'y a qu'une seule solution ? fit Markus dont le sourire avait disparu.

— J'ai déjà lancé le processus, opina Chase. Mais ça va prendre un certain temps.

— Quand est le procès ?

— La semaine prochaine, répondit Chase en haussant les épaules, mais je ne suis pas vraiment sûr de la date. J'attends des réponses.

Il posa le regard sur Vanessa, puis revint à Markus. Elle devinait une certaine communication cachée entre les deux hommes, et ça ne lui plaisait pas.

— Je vous en prie, pas de secret entre nous. À ce stade, je suis suffisamment impliquée, même si je ne le souhaitais pas. Les secrets vont simplement me rendre plus nerveuse.

— J'ai parlé à Mason, lâcha Markus.

— C'était le prochain point sur ma liste de choses à faire, déclara Chase, le regard perçant, mais je n'en ai pas eu encore l'occasion.

— Mason recueille des photos, des papiers d'identité et il contacte le commandant, expliqua Markus.

— Super, grimaça Chase.

— Hé, tu ne peux pas cacher ce genre de trucs.

— Je n'essayais pas de le cacher. Je ne voulais simplement pas le rendre public.

— Tu as honte ?

Vanessa était fascinée par ce ping-pong verbal. Elle observa Chase, qui baissa le regard sur la table basse devant eux mais répondit assez vite.

— À cette époque, j'étais un gamin terrifié qui essayait de survivre dans un monde qui dévorait les ados. Honte ? fit-il en étudiant d'abord Markus, puis Vanessa. Non, je n'ai pas honte. Mais j'aimerais avoir eu plus d'options pour que le résultat soit différent. Et j'aimerais avoir pensé à faire quelque chose plus tôt à ce sujet.

Ses traits se durcirent à ces mots.

— Comme nous tous, rétorqua Markus avec un sourire.

Il prit sa tasse et finit le reste de café d'un coup. Puis il se leva, apporta la tasse dans l'évier où il la lava et la retourna sur l'égouttoir.

Vanessa ne l'aurait pas cru aussi… « domestiqué ». Alors qu'il dégageait l'énergie d'un animal en cage.

Markus sortit un portable de sa poche et le lança à Chase.

— Tu as trente minutes. Tu sais quoi faire quand tu auras fini.

Sur ce, Markus se dirigea vers la porte d'entrée, sourit à Vanessa qui le suivait, désemparée. Ces hommes étaient dans leur monde.

— Merci pour le café. Veillez sur Chase, s'il vous plaît.

Puis, avec un grand sourire, il ouvrit la porte et sortit.

— Un instant. Vous ne voulez pas une photo de Ronnie, ou une description ?

— Non, j'en ai déjà une. Merci, fit-il.

Il appuya sur le bouton de l'ascenseur. Les portes s'ouvrirent et il y entra. Puis il disparut. Un des hommes les plus mystérieux qu'elle ait jamais rencontrés. Elle se retourna pour faire face à Chase qui s'était levé, sourcils froncés, tout en regardant les portes de l'ascenseur se refermer derrière son ami.

Il la fit doucement regagner la sécurité de l'appartement, ferma et verrouilla la porte derrière elle.

— Il est intéressant, dit-elle.

— C'est une façon de le voir, fit Chase en se dirigeant

vers l'endroit où Markus avait laissé le sac, s'en emparant avant de le poser sur le comptoir de la cuisine.

Il ouvrit la fermeture Éclair. Puis il sortit un ordinateur portable et son chargeur avant de refermer le sac et de le ranger derrière la table à l'écart. Il s'assit et brancha l'ordinateur.

— J'espère que ça ne vous dérange pas mais je dois travailler un peu sur cette mission.

— Mission ? demanda-t-elle. Parce que maintenant, c'est une mission ?

— Absolument, fit-il en appuyant sur le bouton d'alimentation pour activer son appareil, puis il leva les yeux vers elle. Une des plus importantes de ma vie.

CHASE OUVRIT UN ancien fichier. Qu'il avait conservé toutes ces années. Il contenait toutes les informations dont il se souvenait de sa vie passée avec le gang. Il l'avait longtemps gardé sur une disquette, puis l'avait transféré sur le disque dur et ensuite sur le cloud, où il était toujours stocké. Signe que les temps avaient changé.

Juste avant de s'enfuir, il s'était dit un jour qu'il aurait besoin de ces informations sur sa vie. Il avait écrit dans un journal les activités du gang. C'était probablement à cause de ce journal que Ronnie l'avait cherché. Il l'avait vu quelques fois à l'époque. Il s'était peut-être demandé s'il existait toujours. C'était le cas, mais pas dans un endroit où le gang risquait de le retrouver. Il gardait l'original dans un coffre-fort avec d'autres documents importants. Ce qu'il avait oublié jusqu'à ce que Ronnie apparaisse à l'improviste.

En vérifiant ses e-mails, il se rendit compte qu'il avait reçu une réponse du bureau du procureur.

— Merde, murmura-t-il. Bien sûr, tu veux me rencontrer.

Mais enfin, pourquoi avait-il pensé qu'il s'en tirerait en faisant simplement suivre l'information ? Même si on l'envoyait hors du pays en mission secrète, il se pouvait bien qu'il doive se présenter au tribunal. Mais il aurait franchement aimé ne pas avoir à le faire.

— Mon devoir, c'est de donner des preuves. Et si on veut que je le fasse, eh bien, je le ferai, murmura-t-il – mais pas assez bas pour que Vanessa ne l'entende pas.

— Si vous parlez de fournir des preuves contre les anciens membres de votre gang, alors il veut certainement vous rencontrer, dit-elle. J'ai dû me rendre à quelques procès, moi aussi. Ce n'est pas une partie de plaisir.

— Mais c'est nécessaire, fit-il haussant les épaules, et dans ce cas, franchement indispensable.

Elle tendit la main pour couvrir la sienne.

— Et j'admire ce que vous faites. Ce n'est jamais facile de lâcher son enfance. C'est encore plus dur de regarder vers l'avant pour se créer un avenir en sachant d'où on vient. Mais devenir l'homme que vous êtes devenu… Ça, c'est vraiment exceptionnel, conclut-elle en se réadossant et en étudiant le visage de Chase.

Celui-ci s'agita, mal à l'aise. Il ne s'était jamais habitué aux compliments. On en faisait aux autres, ceux qui avaient bien fait leur travail, aux jolies filles et aux bébés mignons. Il en avait rarement reçu et trouvait que, même s'il pouvait apprécier de les entendre, c'était inconfortable.

— Ne vous inquiétez pas, dit-elle. Vous vous y habituerez avec le temps.

Ces paroles firent écho aux pensées qui lui passaient par la tête.

— Je m'habituerai à quoi ? fit-il, sourcils froncés.

— Aux compliments, dit-elle en lui tapotant la main avant de reculer avec un sourire.

Puis elle se leva et saisit la cafetière pour les resservir.

— On dirait que vous n'avez pas eu beaucoup d'approbation dans la vie.

— Ce n'était pas nécessaire – ça ne sert ni à manger ni à boire, encore moins à se battre, ça ne faisait pas partie de mon kit de survie.

Il haussa les épaules quand elle se récria, étonnée, et reporta son attention sur les documents qu'il avait ouverts.

Qu'était-il arrivé à Ronnie depuis que lui était parti ? Chase lança une recherche sur Internet pour voir ce qu'il pouvait trouver. Il y eut d'abord des images, dont plusieurs remontaient à dix ans plus tôt. Ensuite, il chercha les autres pages en lien avec son nom. Les résultats furent minimes. Naturellement, il n'y avait pas non plus de page précisant que Ronnie faisait partie d'un gang, mais beaucoup d'images illustraient clairement son style de vie.

Et ça n'était pas bon. Les images au fil du temps montraient qu'il avait développé une attitude hargneuse plus enracinée et plus sombre. On lisait le mécontentement dans ses yeux et sur son visage. Chase aurait aimé se sentir désolé pour son ancien ami mais il savait que, dans la vie, il fallait faire des choix et, tandis que lui avait choisi de s'enfuir et d'avoir une vie, Ronnie avait choisi de rester dans le gang.

Perdu dans ses recherches, Chase ne vit pas le temps passer. Quand son ordi se ferma brusquement devant lui, il recula avec un sursaut.

— Pourquoi faites-vous ça ? demanda-t-il en levant les yeux sur Vanessa enveloppée dans une robe de chambre, et il se rendit compte d'un coup qu'il était tard.

— Mon Dieu, je suis désolé ! s'écria-t-il.

Il se leva immédiatement et se sentit comme un crétin. Le voilà chez elle et il ne lui avait pas parlé. Il avait été tellement pris par ses problèmes qu'il n'avait absolument pas pensé à cette belle femme et à son hospitalité. Mais quel imbécile ça faisait de lui ! Le fait qu'il se soit servi de sa recherche pour oublier cette situation intime et cette femme sexy était déjà quelque chose qu'il ne voulait pas examiner de trop près.

— Ne vous inquiétez pas, dit-elle. Il n'est pas si tard mais, comme je n'ai pas bien dormi, je vais me coucher de bonne heure. Je voulais vous donner des couvertures et un oreiller.

Elle lui indiqua la causeuse où elle les avait empilés.

— À demain matin.

Elle tourna les talons et se dirigea vers l'unique chambre. Il regarda sa montre et se rendit compte que ça ne faisait qu'une heure qu'il faisait des recherches. Se sentant idiot et incertain de l'attitude à avoir, il la regarda fermer la porte entre eux.

Putain.

En fait, bon sang de bonsoir. Plus tôt, la robe courte avait caché ce qu'elle portait en dessous – mais pas la longueur infinie de ses jambes… Et ça avait suffi pour garantir qu'il n'allait pas s'endormir de sitôt.

Il adorait les jambes longues et les talons. Secouant la tête, il entreprit de rester concentré sur son travail et de ne pas se laisser distraire par cette belle femme couchée à quelques mètres de lui. Il se remit sur l'ordinateur et commença à joindre des documents à des courriels. Ce n'était pas la meilleure façon de s'y prendre mais il craignait que, s'il lui arrivait quelque chose, cette information soit perdue à jamais. On ne pouvait pas le permettre. Il ajouta le nom de Markus et envoya rapidement les messages.

Puis, par sécurité, il fit une copie de tous les éléments, la sauvegarda dans un dossier zip et l'envoya à Mason par courriel en disant : « *Mieux vaut être prudent.* » Il reçut une réponse presque immédiate de Mason. « *On veillera sur les gars. Prends soin de toi. On est là si tu as besoin de nous.* »

Après ça, Chase se réadossa, souriant à demi. Il avait des amis – de vrais amis, maintenant. Pas ces types de son adolescence qui se disaient ses amis, mais l'étaient simplement quand ça leur convenait. Soulagé, il lut ses courriels. Alors qu'il s'apprêtait à éteindre son ordi, il entendit un drôle de cri. Il écouta attentivement et comprit que ça venait de la chambre. Il se leva et se dirigea vers la porte pour y poser l'oreille. Le cri se fit entendre à nouveau.

Vanessa criait dans son sommeil. Un cauchemar ? Il fronça les sourcils. Il ne voulait pas ouvrir la porte et l'effrayer, mais c'était contre sa nature de la laisser se débattre.

S'il la réveillait doucement, ça pouvait l'en sortir. Quand elle cria de nouveau, avec, cette fois, une note de terreur dans la voix, il ouvrit doucement la porte, juste assez pour y glisser la tête.

Elle s'agitait et remuait les bras comme si elle repoussait un assaillant, et il se rendit compte qu'il se passait bien plus de choses dans son monde à elle qu'il n'en avait connaissance. Il alla à côté du lit et lui secoua gentiment l'épaule en l'appelant.

— Vanessa, réveillez-vous. Vanessa. C'est Chase. Tout doux.

Elle ne l'écoutait pas et luttait plus violemment, plus forte. Il la secoua à nouveau, un peu plus fermement, sans lui faire mal, et se rapprocha de son oreille.

— Doucement, chérie, tu fais un cauchemar. Réveille-toi.

Il se recula un peu et elle tourna la tête avant d'ouvrir les yeux – le regard embué et surpris. Il s'assit et lui prit les mains, caressant gentiment la peau douce.

— C'est bon. Tu as juste fait un mauvais rêve.

Elle lâcha un petit cri et se jeta dans ses bras. Il la serra doucement et la prit sur ses genoux, la tenant pendant qu'elle pleurait. Il ignorait d'où venaient ces cauchemars mais ils semblaient à l'évidence profonds et douloureux. Il attendit la fin de l'orage.

Finalement, elle releva la tête et le regarda.

— Je suis navrée. Je n'aurais pas dû faire ça.

— Pourquoi ? demanda-t-il doucement. On a tous besoin d'être réconfortés de temps à autre.

— Alors je devrais dormir avec vous tous les soirs parce que ces cauchemars deviennent pires, pas mieux, dit-elle en haussant les épaules.

Il lui fit un sourire en coin.

— Tu sais, ça pourrait bien faire mon affaire.

CHAPITRE 7

ELLE SE SENTIT un peu idiote. Qu'est-ce qui n'allait pas chez elle ? Jamais elle ne s'était accrochée comme ça à un inconnu. Elle n'était pas comme ça. Normalement, elle gardait tout pour elle. Mais il y avait un truc dans ce cauchemar qui avait permis à sa vulnérabilité face à l'obscurité de s'immiscer et de la transformer en femme effrayée comme elle ne l'aurait jamais accepté en plein jour.

— Vous faites souvent des cauchemars ? Auquel cas, vous devriez parler à quelqu'un…

Chase lui frotta les épaules et elle se rendit compte qu'elle était toujours assise sur ses genoux et l'entourait de ses bras. Elle secoua la tête.

— J'ai essayé, dit-elle d'une voix étouffée. Ça ne marche pas pour moi.

— C'est lié au travail ou c'est personnel ? demanda-t-il en hochant la tête.

Elle se mit à rire d'un rire à la fois tremblant et peiné.

— Les deux, commença-t-elle à expliquer. Mon travail, c'est tout ce que j'ai toujours voulu faire, mais c'est aussi le pire car il ravive des tas de souvenirs douloureux. C'est en partie ce qui m'a incitée à entrer dans ce domaine. Je souffre de cauchemars, en effet. Et je pensais que j'en avais fini, mais il y a quelque chose dans mes dossiers qui les fait revenir.

— J'en suis désolé. Ça doit être difficile.

Elle glissa des genoux de Chase et se réadossa à la tête de lit.

— Je m'excuse de vous avoir dérangé, dit-elle. Vous aussi, vous avez besoin de dormir.

— J'allais justement me coucher.

Il se pencha pour la regarder dans les yeux – les immenses yeux bleu clair pleins de confiance de Chase lui donnaient envie de fondre mais en même temps, c'était son extrême compétence qui l'attirait. Et ce n'était pas approprié. Elle ne voulait s'appuyer sur personne. Elle détourna le regard.

— Je vais bien, maintenant. Merci.

— Vous êtes sûre ? fit-il, l'air de ne pas savoir quoi faire de lui-même.

Puis, de nouveau, l'impression de malaise le gagna.

— Ça va, dit-elle en indiquant la porte. Retournez vous coucher.

— Voulez-vous que j'allume une lumière ? fit-il en se levant, sourcils froncés.

— Non, murmura-t-elle. Ça ira dans le noir. Merci.

Elle le regarda fermer doucement la porte derrière lui. Puis elle s'enfonça dans les couvertures, mortifiée qu'il l'ait entendue. Mais la peur subconsciente reviendrait dès qu'elle aurait fermé les yeux, ce qui suffit à la garder longtemps éveillée. Au moment où elle finit par s'assoupir, il lui sembla entendre un bruit sur le balcon. Et elle l'entendit à nouveau.

Elle prit une grande inspiration et sortit du lit, saisit sa robe de chambre et se dirigea vers la porte de la chambre. Elle l'ouvrit doucement et jeta un coup d'œil dans le salon.

Et vit Chase qui regardait quelque chose sur la terrasse.

Ah oui, elle n'était plus seule. Le soulagement la saisit. Pour disparaître aussitôt qu'elle vit Chase poser un doigt sur ses lèvres et lui tendre la main pour qu'elle le rejoigne. Elle s'approcha en rasant les murs. Une fois près de lui, elle approcha sa bouche de l'oreille de Chase.

— Il y a quelqu'un ? demanda-t-elle.

Il opina et l'enveloppa de ses bras, la serrant fort.

— On ne devrait pas appeler la police ? murmura-t-elle, s'appuyant contre lui.

— Pas encore, fit-il, son souffle caressant sa tempe. J'aimerais voir jusqu'où il va aller.

Elle fut surprise qu'on puisse monter aussi haut, mais il y avait une petite terrasse près des appartements voisins. Elle avait souvent pensé que ce serait facile de sauter de l'un à l'autre, auquel cas, l'intrus aurait pu venir chez elle depuis n'importe lequel des autres appartements.

Heureuse de ne pas être seule, elle observa l'ombre allongée près de ses meubles de jardin et attendit.

— Ce n'est pas Ronnie. Il est trop petit.

Chase acquiesça.

— Le gang a beaucoup d'hommes. Celui-ci ressemble à Monkey. Il faisait beaucoup de cambriolages pour le gang parce qu'il est très connu pour entrer dans des espaces restreints et en sortir sans problème.

— Est-ce que vous pensez que Ronnie entrera par la porte d'entrée si Monkey passe par derrière ? demanda-t-elle en regardant nerveusement la porte.

— Ce serait super, parce qu'il se frotterait à Markus dans ce cas.

Voilà qui expliquait pourquoi il n'était pas inquiet et gardait une voix confiante et calme.

Elle sourit. Non seulement elle n'était pas seule, mais apparemment, Chase ne l'était pas non plus.

— Merde, dit-elle en voyant le pistolet dans la main de

l'homme.

Chase lui serra les doigts pour la rassurer.

Bien sûr, c'était un militaire. Les armes, c'était son truc. Mais ça ne voulait pas dire que les balles n'allaient pas voler et que personne ne serait blessé. Elle n'avait vraiment pas besoin de ça, merci bien. Elle faillit rire au sarcasme qui lui passa par la tête. La nervosité, probablement.

— Je vais essayer de lui faire peur, fit Chase.

— Vous ne voulez pas le capturer, plutôt ? murmura-t-elle urgemment en tentant de le retenir.

— Bien sûr que si, mais pas quand vous êtes là.

Il prit un livre sur la table basse et le laissa tomber sur le plancher. Dehors, la silhouette se figea.

— Vanessa, c'est toi ? fit-il d'une voix dure. Quelque chose ne va pas, chérie ?

L'ombre se fondit dans le mur dehors. Tout en l'observant, Vanessa entendit des véhicules tourner au coin de la rue et remonter rapidement vers eux. Ils s'arrêtèrent dans un crissement de freins. Étaient-ils là pour le tueur ou était-ce des amis de Chase ? Quand elle reporta le regard sur l'ombre, elle se rendit compte que celle-ci avait disparu. Chase lui courait après. Avant même qu'elle atteigne la terrasse, il était déjà de l'autre côté de la terrasse de son voisin et luttait avec quelqu'un. Plusieurs coups de feu retentirent et le petit homme nerveux parut sauter.

Son appartement se trouvait au deuxième étage, mais il y avait des issues de secours et de gros tuyaux d'évacuation à divers endroits qui permettaient de s'échapper plus facilement qu'une porte d'entrée. Sautant avec facilité entre les deux terrasses, Chase revint à ses côtés. Voilà qui réglait un problème. C'était le moment de partir. Elle n'avait vraiment pas besoin qu'un inconnu entre chez elle par effraction. Son appartement était confortable et pas cher, mais visiblement pas sécurisé.

— Il s'est échappé ! s'exclama-t-elle.

— Peut-être que oui et peut-être que non, fit-il. En fait, il s'est tiré dessus par accident. Il a réussi à atteindre le sol, mais ça ne veut pas dire qu'il s'est échappé.

À ce moment-là, ils entendirent une série de coups de feu, puis une voiture qui quittait la rue sur les chapeaux de roues. Chase alla jusqu'au bord de la terrasse et regarda en bas. À côté de lui, elle en fit de même et vit un corps allongé au milieu de la rue. Elle mit quelques minutes à enregistrer ce qui venait d'arriver. Puis, elle comprit.

— Ils lui ont tiré dessus ? demanda-t-elle, incrédule. Leur propre homme de main ?

— Oui.

— Mais ils auraient pu le sauver, L'aider à s'échapper.

— Non. Il avait raté son coup.

CHASE REGARDA SOMBREMENT le corps de Monkey. Pas besoin d'être plus près pour voir qu'il était mort. Il y avait assez de sang qui s'accumulait autour de lui pour être sûr qu'il n'avait pas survécu à cette attaque.

Monkey n'avait pas réussi, et l'échec n'était pas une option dans le monde de Gregory, ça ne l'avait jamais été. Est-ce que Ronnie avait fait le lien entre son destin éventuel et la décision d'abandonner le gang s'il restait avec Gregory ? Personne ne gagnait tout le temps.

Mais Chase n'avait pas l'intention de perdre et il ne pouvait y avoir qu'un seul vainqueur à ce jeu. Son téléphone vibra. Il le sortit et trouva un texto de Markus : *« Qu'est-ce qui vient d'arriver, nom de Dieu ? »*

Au lieu d'envoyer un SMS, Chase l'appela. Il entendit au loin des sirènes qui se rapprochaient. Il expliqua rapidement à Markus les événements des dernières quinze minutes.

— Les flics arrivent.

— Reste en dehors de tout ça. On va passer par la voie officielle, cette fois.

Chase rangea son portable et se tourna pour voir Vanessa qui le regardait, sous le choc.

— Ils l'ont vraiment tué, murmura-t-elle. Rien de tout ça ne semblait réel, mais là…

— Je suis vraiment navré, ma belle, grimaça-t-il. Comme tu le vois, c'est bien réel, fit-il en indiquant la rue en dessous avant de la faire rentrer.

— Il est temps que je parte, dit-elle sèchement. Je ne vais plus rester ici. J'aimais cet endroit avant, mais plus maintenant.

— Je suis tellement désolé, répéta-t-il en tendant une main vers elle comme pour la réconforter, mais elle s'écarta et entra en trombe dans sa chambre.

Quand elle claqua la porte, il se rendit compte à quel point elle était bouleversée. Qui pouvait l'en blâmer ? En voyant ce qu'elle venait de vivre rien que cette nuit ?

Son portable vibra à nouveau. Markus. Chase répondit à ses deux ou trois premières questions mais la dernière était plus difficile. *Je ne sais pas quoi faire maintenant »*, répondit-il finalement.

Dès qu'il l'eut envoyé, il le regretta mais c'était trop tard. Cette fois-ci, ce fut Brett qui répondit. *« Putain ! Je reviens d'une virée en ville avec la famille pour tomber sur tout ce ramdam. De quoi t'as besoin et qu'est-ce que je peux faire ? »*

Il se sentit mieux. Brett avait pris quelques jours de permission et était rentré chez lui pour le week-end. Et Brett ne blaguait pas quand il voulait sortir le soir avec sa famille. Il appartenait à une très grande famille grecque – sa mère s'étant mariée plus d'une douzaine d'années auparavant. Quand cette famille faisait la fête, ça durait toute la nuit.

La mère de Brett n'était pas en très bonne santé. Il avait demandé quelques jours de congé pour aller lui souhaiter son anniversaire. Chase n'allait pas le faire revenir inutilement.

Mais… Brett possédait une maison vide à quelques kilomètres de là. Chase lui envoya rapidement un texto pour lui dire qu'il lui fallait un endroit où faire profil bas. Vanessa viendrait avec lui. Il ajouta des détails sur l'intrus qui avait été descendu dans la rue.

Son portable sonna pratiquement immédiatement. Chase grimaça. Il détestait vraiment toutes ces explications. Mais il ne pouvait plus cacher son passé. Il mit Brett au parfum.

— J'arrive, fit celui-ci instantanément.

— Tu dois passer du temps avec ta mère. Tu n'en auras peut-être plus l'occasion.

— Ma mère nous enterrera tous, répondit Brett, exaspéré. Le toubib est content d'elle à ce stade parce que sa santé qui déclinait s'est stabilisée. Je peux rentrer demain.

— Tu as encore un jour de permission et un jour de plus ne fera aucune différence ici. Mais si on peut rester chez toi pendant ton absence, ça serait super.

— Tout ce que tu veux, tu le sais, fut la réponse immédiate. Trouve un plan. Je serai de retour avant que tu aies en fait l'occasion de l'exécuter. Tu peux compter sur moi.

— Toi, prends soin de ta mère. Fais-lui un câlin de ma part.

Brett se mit à rire franchement.

— Elle m'a demandé pourquoi tu n'étais pas là et comment ça se faisait que tu n'aies pas encore une femme et des mômes.

— Parce que je n'ai pas de copine, répondit-il, bon enfant. Et tu sais ce que j'éprouve à propos des enfants.

— Aucun problème. Quand ce sera le moment et que tu auras trouvé la femme parfaite, tu voudras avoir une famille, fit Brett à l'aise et calme comme s'ils avaient déjà eu cette discussion quantité de fois – ce qui était bien le cas. Maman en a simplement assez d'attendre après nous.

— Nous ? protesta Chase. Il n'y a pas de « nous » qui tienne, ricana-t-il. C'est *ta* maman. *Toi* tu te maries et *toi* tu as une douzaine de mômes. Ça me laisse hors du coup, aussi.

— Deux. Un garçon, une fille. Mais même si j'ai une grande famille, elle ne *te* lâchera pas. Alors, prépare-toi.

— Ça ne se commande pas, tu sais, fit Chase tout en secouant la tête, mais il avait un sourire idiot.

À la vérité, la maman de Brett était petite et ronde et commandait les membres des deux côtés de la famille avec autant d'amour et d'affection qu'ils pouvaient le tolérer. Il avait passé tant de week-ends dans cette famille qui l'avait entouré dès la première rencontre !

— Reposez-vous une ou deux heures si tu penses que c'est sans danger pour que vous alliez chez moi. J'y serai dès que je pourrai.

Sur ce, Brett raccrocha.

Chase reposa le portable sur la table basse pour y accéder facilement, puis gonfla l'oreiller au bout de la causeuse. Alors qu'il s'allongeait, il vit que Vanessa le fixait. Il ne l'avait pas entendue ouvrir la porte.

— Une douzaine de gamins ?

— C'était Brett, fit-il en riant. Un de mes meilleurs amis, qui fait partie de mon unité. Sa mère nous presse de nous marier et d'avoir des bébés avant qu'elle ne meure.

L'élan de sympathie de Vanessa fut instantanément suivi par un sourire malicieux.

— Elle a l'air adorable. J'espère qu'elle va bien et qu'elle vivra longtemps. Je ne suis pas sûre que vous deux êtes prêts à vous marier. Les militaires n'ont pas de grandes chances en ce qui concerne les relations, non ?

— Il y a un an à peu près, j'aurais été d'accord avec toi, fit-il en s'étirant sur la causeuse. Mais récemment, je dois admettre que mes amis m'ont fait changer d'avis.

— De quelle façon ? demanda-t-elle, curieuse. Je n'ai pas vu beaucoup de relations à long terme qui marchent. Presque tous les gens avec qui je travaille sont divorcés ou célibataires.

— Ce sont des familles militaires ?

— Non, dit-elle en errant dans le salon jusqu'aux portes en verre. C'est un bon argument. Mais la plupart des mariages sont dans un triste état en ce moment.

— Peut-être que oui, peut-être que non.

— Allons, dit-elle en se tournant vers lui, je suis sûre que ta vie de célibataire est très excitante. Il faudrait une femme spéciale pour changer ça.

Il l'étudia à travers la pièce sombre et se rendit compte que cette femme l'intriguait de bien des façons. Elle faisait aussi ressortir son instinct protecteur. Elle se tenait debout devant lui, bras croisés sur la poitrine, se frottant un pied avec l'autre. Son air vulnérable lui brisait le cœur. Quelque chose se passait en lui. Quelque chose de douloureux.

— Tu as déjà été mariée ? demanda-t-il doucement.

Elle leva son regard sur lui, les yeux dans l'ombre. Puis elle secoua la tête.

— Non. Je ne suis pas allée jusque-là.

— Et c'est allé jusqu'où ? fit-il, incapable de s'empêcher

de fouiller.

Il y avait un truc, là. Un truc qu'elle ne voulait pas partager. Et il la laisserait tranquille. Lui aussi avait des secrets. Les confier maintenant était tout sauf confortable.

CHAPITRE 8

— ON ÉTAIT fiancés. J'ai réussi à m'échapper deux semaines avant le mariage, murmura-t-elle.

— Comment ça, t'échapper ? fit Chase en s'asseyant lentement.

— Oui, dit-elle en baissant les bras et en le regardant avec défiance. Il m'a tabassée puis il est parti au pub avec ses amis. J'ai pris le strict nécessaire et je me suis enfuie.

Chase se leva, la prit dans ses bras et la serra contre lui avant qu'elle n'ait fini de parler.

— Bien. J'espère que cette ordure est en prison.

— Non, dit-elle en secouant la tête. Il a plutôt quitté le pays. Il avait des origines russes et il y avait pas mal de parents. Il est rentré chez lui. Je n'ai rien dit aux flics. Je voulais simplement que ça se termine.

— Ça ne veut pas dire qu'il va y rester, râla Chase. Si jamais il revient, tu dois contacter la police. Qui sait ce qu'il fera s'il revient un jour ?

— C'est en partie pour ça qu'on se disputait, dit-elle avec un rire rauque. Il voulait déménager en Russie et je n'avais aucune envie d'y aller.

— Désolé. Alors il a coupé les ponts et s'est enfui. Bon débarras, fit-il en lui frottant doucement le dos de haut en bas. C'est l'origine de tes cauchemars ?

— Oui, répondit-il en frissonnant.

— Ça s'est passé il y a combien de temps ?

— Environ dix mois. Assez longtemps pour m'en remettre.

— Ça peut prendre bien plus longtemps de se remettre d'un truc pareil, fit-il en la ramenant à la chambre. Tu arrives à te rendormir ?

— Non, dit-elle en secouant la tête. Je pensais justement aller dans un café pour sortir. Je me sens étouffée entre ces murs. J'ai eu du mal à vivre seule. Je me suis forcée à le faire après les coups et j'ai fini par adorer habiter ici. Mais maintenant, avec cette intrusion…

Il la prit par les épaules, la fit tourner et la dirigea vers la chambre.

— Fais tes bagages. On restera chez Brett quelques jours pendant son absence. C'est mon problème et je ne veux pas que tu sois blessée.

— Il habite où ?

L'idée de partir quelques jours lui plaisait, et si la maison était vide, c'était encore mieux.

Ils auraient pu aller à l'hôtel mais cette option donnait une impression étrange d'intimité, à moins qu'ils n'aient des chambres différentes, et là, elle ne se sentirait plus en sécurité.

— À environ dix minutes d'ici.

— Bon, alors, je prends quelques affaires, dit-elle gaiement.

— Tu vas pouvoir poser des jours de congés ou de maladie ? demanda-t-il du seuil de la porte en la regardant.

Elle se figea alors qu'elle sortait plusieurs pantalons.

— Combien de temps ça va durer ?

Elle n'avait pas envisagé que ça puisse durer plus d'un jour ou deux.

— Je ne peux pas me permettre de perdre mon travail.

— Tu ne le perdras pas, lui assura-t-il. Mais quelques jours de congé pour que Ronnie et ses hommes ne te retrouvent pas à votre travail seraient peut-être une bonne idée.

— « Me retrouvent » ? demanda-t-elle faiblement. Comment le pourraient-ils ?

— Ce n'est pas si difficile de trouver à qui ceci appartient, fit-il en indiquant l'appartement.

— Il n'est pas à moi. Je le loue.

— Bien, fit-il en l'observant. Ça ne devrait pas être trop dur de t'en trouver un autre quand cette histoire sera finie.

— Ça me plairait bien, avoua-t-elle, et elle fit rapidement ses bagages puis sortit une autre valise pour y ranger ses vêtements de travail.

Quand elle eut fini, elle se dépêcha d'aller à la salle de bains et remplit un petit sac d'objets de toilette. Quand elle se retourna, Chase avait posé les valises dans le couloir. Il avait déjà fermé son sac, qui avait rejoint les bagages de Vanessa.

— Tu crois qu'ils surveillent l'appartement ?

— Pas maintenant, fit Chase en secouant la tête. Mais Markus, oui. Comme ça, il nous dira si quelqu'un essaie de nous suivre.

Alors qu'ils se dirigeaient vers l'ascenseur puis dans le hall d'entrée, elle eut du mal à ne pas chercher du regard Markus qui, apparemment, gardait un œil ouvert. Elle ne voulait pas que ce soit évident mais en même temps, comment quelqu'un pouvait se cacher et quand même les protéger ?

Chase la suivit jusqu'à sa voiture en portant les sacs, et les plaça dans le coffre avant de s'installer sur le siège passager.

— Tu ne dois pas t'occuper de ton véhicule ?

— Markus le conduira, déclara-t-il en mettant sa ceinture. Je ne te laisserai pas seule tant que tu ne seras pas en sécurité.

Elle haussa les épaules et démarra puis recula hors de sa place. Elle le regarda tout en conduisant vers la sortie. Il restait encore quelques heures avant l'aube mais c'était facile de voir à cause du ciel sans nuage.

— On va où ?

QUAND ILS ARRIVÈRENT chez Brett, Chase savait que les chances qu'elle puisse dormir encore un peu étaient minces. Ils se garèrent dans le garage et refermèrent la grande porte derrière eux. Il sortit vite les bagages et la guida dans la maison jusqu'à la chambre d'amis.

— C'est ta chambre.

Il tourna les talons.

— Attendez ! Où est la tienne ?

— De l'autre côté du couloir. Je dormirai dans la chambre de Brett.

— Et quand il reviendra ?

— Je prendrai le canapé en bas. Ne t'inquiète pas pour moi. Ça ira.

— Et si moi, ça ne va pas ? murmura-t-elle alors qu'il allait sortir.

— Tu as peur d'être ici toute seule ? demanda-t-il en l'étudiant.

Ce n'était peut-être pas la meilleure question à poser. Elle redressa le menton.

— Ça va aller. Laisse-moi, dit-elle sèchement, lui faisant

signe de disparaître de la main. Je vais essayer de dormir deux ou trois heures.

— D'accord, si tu es sûre. Sinon, on peut aller faire une grande promenade le long de la plage et prendre un petit déjeuner quelque part.

Son visage et sa voix s'illuminèrent de soulagement.

— Oui. Tu penses qu'il fait assez jour ?

Mais il comprenait. Il avait vécu avec la peur assez longtemps.

— Il fait certainement assez jour. Il y a de magnifiques sentiers pas loin. Allons-y, fit-il en lui tendant la main.

Il n'avait pas fini de parler que les doigts de Vanessa s'entremêlèrent aux siens. Il rit, planta un baiser sur sa tempe et la tira en bas vers la porte d'entrée.

— C'est une nuit magnifique. Profitons-en.

CHAPITRE 9

QUAND ILS RENTRÈRENT à la maison, Vanessa pensa que c'était une toute nouvelle journée. Chase était charmant et il avait su dompter ses peurs. Elle comprenait sa suggestion de prendre un congé, mais elle avait tellement de dossiers qu'elle savait que ça deviendrait un fardeau pour ses collègues. Enfin, il lui restait la journée pour décider. En entrant dans la maison, il lâcha les clés sur le comptoir et demanda :

— Et maintenant, qu'est-ce que tu aimerais faire ?

— Tu n'as pas à m'occuper, tu sais.

— Je n'essayais même pas, fit-il, faussement blessé. Simplement, j'apprécie vraiment de passer du temps avec toi.

Elle lui fit un sourire radieux. Il savait faire des compliments.

— Franchement, après cet énorme repas, je suis fatiguée, confessa-t-elle. Je pensais m'allonger quelques heures.

— Bonne idée, dit-il en indiquant la table. Je vais travailler sur mon ordi.

— Tu ne te couches pas ? dit-elle.

En réalisant ce qu'elle avait dit, elle devint écarlate.

— Je veux dire… Tu n'es pas fatigué ? ajouta-t-elle rapidement en butant sur les mots.

La température avait grimpé, ses yeux à lui se mirent à danser et il afficha ce sourire dangereusement sexy. Putain. Ça faisait longtemps que son fiancé… Mais Chase avait été le premier à rappeler à Vanessa sa vie solitaire. Son sex-appeal le rendait mortel. Pouvait-elle lui faire confiance après tous les coups qu'elle avait subis ? Elle le voulait vraiment mais…

— Toutefois, si c'est une invitation…

— Non, dit-elle en plissant le regard.

Elle tourna les talons et se dirigea vers l'escalier, souriante malgré tout.

— Si tu changes d'avis… lui lança-t-il. Tu sais où me trouver.

Elle ne répondit pas et alla dans la chambre. Elle dégagea les draps du dessus, se coucha et tira la couverture sur elle. Elle s'endormit en quelques minutes.

IL N'AURAIT PAS dû la taquiner, mais il adorait la voir s'agacer. De plus, elle rougissait si magnifiquement ! Elle était aussi nerveuse qu'une pouliche. Et il comprenait pourquoi. Mais il ne battait pas les femmes et il était fier de ne jamais perdre son sang-froid quand il s'agissait de violence physique. C'était indispensable vu son métier.

Il se plongea dans son travail, mais après seulement vingt minutes, il entendit Vanessa crier. Il monta l'escalier en courant et vit qu'elle avait laissé la porte ouverte. Il pouvait la voir s'agiter dans tous les sens. Il savait que la nuit dernière allait aggraver ses vieux cauchemars, ramenant au jour ses peurs inconscientes. C'était comme ça, les cauchemars – ils mijotaient juste sous la surface en attendant d'avoir l'occasion de vous terroriser quand vous étiez le plus vulnérable.

Il se dirigea vers le lit, s'assit à côté d'elle et lui caressa gentiment l'épaule.

— C'est bon, Vanessa. Tout va bien. Dors. Tu es en

sécurité. Je reste ici pour veiller sur toi. Dors.

Il vit des larmes couler sur le visage de la jeune femme. Il tendit la main et lui essuya les joues. Elle ouvrit brusquement les yeux et le fixa, comprenant rapidement la situation.

— Je me demande si je pourrais dormir un jour, murmura-t-elle plaintivement. Les cauchemars empirent.

— Oui, tu pourras, murmura-t-il. Je vais apporter mon ordi ici et je m'assiérai de ce côté du lit pour que tu puisses dormir, d'accord ?

Quand il la vit s'efforcer de masquer sa gratitude, il tourna les talons et redescendit vite les marches jusqu'à la cuisine pour ramasser ses affaires.

À son retour, il la vit en position fœtale face au mur – un oreiller sous la tête. Mais elle ne dormait pas.

Il brancha son ordi, trouva une position confortable et lui tapota l'épaule.

— Détends-toi, tu es en sécurité.

— Merci, murmura-t-elle.

Elle poussa un gros soupir et s'endormit profondément. Il s'installa pour poursuivre son travail. Au bout d'un moment, il sentit le corps de Vanessa tressaillir à nouveau. Il lui serra gentiment l'épaule. Elle s'arrêta instantanément et se laissa aller davantage. Il fit cela encore deux ou trois fois pendant quelques minutes mais bientôt, elle se détendit au moindre toucher.

Bien. Elle apprenait à lui faire confiance.

Cela tombait au bon moment, car il commençait à se rendre compte qu'il voulait bien plus que ça.

CHAPITRE 10

ELLE SE RÉVEILLA, le cœur en paix comme elle ne l'avait pas ressenti depuis longtemps. Elle entendit un drôle de bruit à ses côtés et se tourna pour voir Chase qui travaillait toujours sur son ordinateur. Il posa les yeux sur elle, avec ce regard qui faisait battre son cœur.

— Hé, comment ça va ? demanda-t-il d'une voix douce.

Elle évalua sa question. En vérité, elle se sentait merveilleusement bien. Elle repoussa les couvertures et se leva.

— Super bien. Merci beaucoup.

— De rien, fit-il d'une voix douce et sérieuse. Dormir est une des choses les plus importantes dont on ait besoin tous les jours.

— Ça fait longtemps que je suis privée de sommeil, dit-elle en lui faisant un sourire en coin et en se dirigeant vers la salle de bains.

Elle se regarda dans la glace et se rendit compte que, même si elle se sentait mieux, elle n'avait pas meilleure mine. Une fois qu'elle eut fini et se fut séché les mains, elle ouvrit la porte.

— Tu penses que je peux me doucher ?

— Absolument. Brett serait vexé si tu ne te sentais pas à l'aise chez lui.

Elle sourit, reconnaissante, ferma la porte et se dévêtit totalement. Elle tourna le robinet d'eau chaude, entra dans la douche et se rendit compte que, même si dormir l'avait beaucoup aidée, la douche allait lui faire encore plus de bien. Rien de tel qu'un intrus pour vous faire sentir sali – violé. Dieu merci, il n'était pas entré dans son appartement. Pas plus que Ronnie. Mais il avait été sur le seuil et c'était aussi terrible.

Elle se lava les cheveux deux fois et arrêta enfin l'eau. Elle ne voulait pas vider le chauffe-eau, au cas où Chase voudrait aussi se doucher. Quand elle se fut séchée et rhabillée, elle regretta de ne pas avoir pensé à apporter des vêtements propres dans la salle de bains. Idiote. Mais bon, quelle importance au fond ? Elle ne prévoyait pas de faire quelque chose de spécial cet après-midi-là.

De retour dans la chambre, elle remarqua que Chase avait quitté la pièce en emportant son ordi pour qu'elle ait son intimité. Elle en profita pour se changer puis sortit sur le palier en haut de l'escalier. Elle l'entendit téléphoner. Même là où elle se trouvait, elle sentit l'arôme du café frais. Elle descendit d'un pas léger et sortit un élastique de sa poche pour se faire une queue-de-cheval haute. Ses cheveux étaient épais et mettraient des heures à sécher. En entrant dans la cuisine, elle entendit Chase retenir son souffle brusquement.

— Qu'est-ce que tu veux dire, il a disparu ? s'exclama-t-il en lui lançant un regard inquiet mais sans rien lui dire tout en arpentant la cuisine. Il est allé chez un ami ?

Elle se figea, main tendue vers la cafetière, et ferma les yeux. *Mon Dieu, faites qu'ils ne parlent pas d'Amrit.* D'une main tremblante, elle se versa une tasse de café, l'esprit en ébullition, avec des questions qui lui ébranlaient la tête inutilement. Elle devait attendre qu'il raccroche pour avoir des réponses.

— Alors il n'est pas allé au centre commercial où il devait rejoindre son frère ? Il n'est pas chez lui ? Personne ne sait où il est ? demanda Chase tout en levant les mains et jetant un regard noir au plafond. Est-ce qu'on sait quelque chose ?

Le silence se fit pendant que Chase écoutait la voix au bout du fil. Vanessa s'appuya contre le comptoir et attendit. Chase s'étant quelque peu calmé, l'information qu'il recevait lui permit de comprendre quelque chose. Elle espérait simplement que ça n'avait rien à voir avec ces deux garçons. Ils étaient innocents. Ils avaient déjà traversé assez d'épreuves.

— D'accord. Bon. Je pense que je vais aller y faire un tour – peut-être suivre le chemin de chez lui au centre commercial et voir si on l'aperçoit. Vanessa le connaît et Amrit la connaît. Comme ça, s'il a peur, il ne s'enfuira pas. En fait, elle sera un visage amical bienvenu, fit Chase tout en se passant la main dans les cheveux. Tiens-moi au jus.

Il reposa son portable et parla sans perdre de temps.

— C'était Markus. Ils étaient en train de mettre en place la surveillance, mais apparemment, Peter a passé la nuit chez des amis et avait convenu de retrouver Amrit au centre commercial. Mais il n'est pas venu. Et il ne répond pas à son téléphone. Peter vient d'appeler sa mère, qui a à son tour appelé un des hommes de l'unité.

— Mais s'ils sont sous surveillance, ils n'ont pas vu où Amrit est allé ?

— Ils ne l'ont pas vu. Il s'est probablement faufilé avant qu'ils aient fini l'installation, supposa Chase en se pinçant le nez. Rien n'est parfait. Mais ces gars sont bons. Donc ils sont en train de ratisser le bâtiment.

— Mais il y a tant de réfugiés, et Amrit aura trop peur de parler à Markus.

— C'est pour ça qu'on va y aller en suivant un chemin du centre vers la maison d'Amrit pour nous assurer qu'il ne s'amuse pas en route. Et puis on ira parler nous-mêmes aux gens de l'immeuble.

Elle avait déjà ses clés et sa veste en main et l'attendait avec impatience à la porte du garage.

— Allez. On ne peut pas laisser quelque chose arriver à ce petit garçon.

— Je conduis.

Elle ne discuta pas, lui lança les clés et se rua devant lui. En quelques minutes, ils furent dans la voiture, mirent leur ceinture et se dirigèrent rapidement vers le logement du garçon.

ILS SE GARÈRENT à mi-chemin et retournèrent à pied au centre commercial. Chase avait vérifié auprès de Markus mais aucun signe de l'enfant jusqu'à présent. Marchant à un rythme régulier, ils allèrent du centre à l'immeuble d'Amrit et se rendirent rapidement compte que le parc n'était pas loin.

— Qu'est-ce que tu en penses ? lui demanda Chase.

Une fois stationnés, ils se dirigèrent vers l'aire de jeux.

— Est-ce qu'il viendrait ici sans permission ?

— Absolument. Les garçons faisaient un peu ce qu'ils voulaient chez eux.

— Et sa mère ? Comment est-ce qu'il lui explique ses absences ? Ou est-ce qu'elle a l'habitude ? demanda-t-il.

— Elle s'y est plus ou moins habituée dans leur ancienne vie. J'en ai seulement brièvement parlé à Amrit. Il veut la protéger, la garder en sécurité. Il sait qu'elle souffrira si elle comprend à quel point il a peur.

Chase se mit à réfléchir. Il comprenait. Il avait été dans le même cas. Sauf que lui n'essayait pas d'empêcher sa mère de s'inquiéter parce que c'était déjà trop tard pour elle. Il avait été hors-la-loi aussi pendant quelque temps. Il ne voulait vraiment pas voir ce jeune homme suivre la mauvaise voie. Il avait déjà agi au mieux avant et Chase faisait la même chose maintenant. Protéger ces enfants était en haut de sa liste. Tout le monde méritait une deuxième chance.

Vanessa se mit à courir vers le parc. Il lui attrapa le bras et la tira doucement en arrière. Elle le regarda, surprise.

— N'attirons pas l'attention sur nous, dit-il à voix basse. S'il est là, on ne veut pas qu'il parte en courant.

Elle ralentit le pas immédiatement. Il lui prit la main et ils marchèrent lentement dans la brise légère et le soleil.

C'était un après-midi splendide et il y avait des gens partout, mais pas de grandes foules, seulement des couples qui se promenaient lentement dans le parc, marchaient ensemble et savouraient l'instant. Il entendit des enfants rire dans l'aire de jeux en vue.

Chase sourit. Voilà comment ça devrait être. Il avait déjà vérifié l'endroit où ils se trouvaient et n'avait rien remarqué de louche. Mais il ne voulait pas arriver en courant dans l'aire de jeux et effrayer tout le monde. À l'entrée des toboggans et des balançoires, ils s'arrêtèrent au grand portillon et observèrent les enfants.

— Je ne le vois pas, murmura Vanessa.

Il lui serra la main mais passait d'un visage à l'autre, cherchant Amrit.

— Le voilà ! s'étrangla-t-elle de joie. Sur le banc près des toilettes.

Elle pointa quelque chose sur sa gauche. Il suivit son doigt du regard et vit le jeune garçon assis les coudes sur les cuisses, le menton dans les mains.

— Il a l'air si triste, murmura-t-elle.

Il la poussa gentiment dans la direction qui les amènerait par une voie détournée là où était assis Amrit.

— Je ne suis pas sûr que « triste » soit le mot juste.

Il saisit son regard acéré, mais ne quitta le garçon des yeux.

— Et tu dirais quoi, alors ?

— Troublé. Comme s'il tentait de résoudre tous les malheurs du monde et comprenait que c'était un trop gros travail.

Lui tenant toujours la main, sans façon, pour qu'ils ressemblent juste à un couple heureux aux yeux des gens, il jeta un coup d'œil autour d'eux pour voir si les hommes de Ronnie étaient là. Ce ne serait pas une bonne idée qu'Amrit soit vu avec Vanessa et lui de nouveau, mais ils devaient le ramener chez lui, en sûreté.

Tandis qu'ils s'approchaient de lui, Amrit ne bougea toujours pas.

Chase lâcha la main de Vanessa et elle s'assit d'un côté du garçon et lui de l'autre. Amrit se releva vivement, mais Vanessa lui parla doucement.

— C'est bon, Amrit, tu es en sécurité.

En entendant ces mots, Chase la regarda vivement. Est-ce qu'elle comprenait que c'étaient les mots qu'il lui avait dits pendant qu'elle dormait ? Amrit la reconnut, puis se tourna et vit Chase. Mais au lieu de leur adresser un sourire joyeux, des larmes perlèrent au coin de ses yeux. Il ouvrit les bras et Chase l'attira à lui pour le serrer dans ses bras.

— Peu importe ce qui ne va pas, fit Chase. On va arranger ça.

— Tu ne peux pas arranger ça, déclara Amrit. Tu ne

peux pas faire revenir mon père. Tu ne peux pas me faire retourner dans mon pays. Et tu ne peux pas rendre ma vie de famille comme elle était avant.

CHAPITRE 11

L E CŒUR DE Vanessa se brisa en entendant le jeune garçon déplorer la vie dans laquelle il se retrouvait. Elle savait aussi que ce n'était pas bon de s'y complaire. Amrit avait besoin de faire son deuil et de tourner la page.

— Non, on ne peut pas rendre ces choses comme elles étaient avant, dit-elle doucement. Tout ce qu'on peut faire, c'est te montrer comment cette vie-ci peut être bonne maintenant.

— Mais vous avez des parents. J'adore ma mère, mais mon père m'aimait et il me manque.

Chase tendit la main et se mit à frotter l'épaule du jeune garçon. Elle le regarda, les yeux pleins d'émotion. Il sourit.

— Amrit, ce n'est pas parce qu'on a l'air de tout avoir que c'est vraiment le cas. Je n'ai ni père ni mère.

— Vraiment ? demanda Amrit en se tournant vers Chase.

— Vraiment.

— Moi non plus, ni mère, ni père, Amrit, dit-elle, et elle sentit plus qu'elle ne vit Chase lui jeter un coup d'œil.

Qu'ils aient quelque chose en commun était troublant mais aussi réconfortant.

— Ce n'est pas bon, fit Amrit dont le visage se chiffonna. Moi au moins, j'ai ma mère.

— Et ça, c'est important. Tu as beaucoup de chance, fit

Chase. Tu dois te concentrer sur ce qui est positif, au lieu de passer tout ton temps à être triste parce que tu as perdu ton père et ta vie d'avant. Tu dois aller de l'avant.

Amrit s'affala contre le dossier du banc, la lèvre inférieure tremblante.

— Les choses vont s'améliorer, déclara Vanessa en lui serrant les mains.

— Promis ? demanda-t-il d'une voix peu assurée.

— Promis, dit-elle.

Elle regarda Chase mais fronça aussitôt les sourcils.

Il avait disparu. Cet homme se déplaçait comme une panthère, tellement il était silencieux. Elle ne voulait pas attirer l'attention sur le fait qu'il était parti mais ne put s'empêcher de jeter des regards autour d'elle pour voir si elle le trouvait. Aucun signe. Mais ils étaient proches des toilettes ; il y était peut-être allé. Elle baissa les yeux sur Amrit.

— On doit te ramener chez toi. Ta mère est très inquiète.

— Je voulais simplement être seul, avoua Amrit en se levant.

— Voulais-tu que Peter s'inquiète autant ? Pourquoi tu ne répondais pas à ton téléphone ?

Amrit se tourna et la dévisagea, sourcils froncés, puis il se rappela tout d'un coup.

— Oh non ! Je devais le retrouver au centre commercial.

Il se retourna comme s'il cherchait le chemin le plus rapide pour aller au centre ; elle le saisit par l'épaule et l'arrêta.

— C'est trop tard pour les y retrouver. Ta mère et Peter t'attendent à la maison.

— Je dois y aller, fit-il, dansant presque sur place, impatient de rentrer.

Il sortit son portable.

— J'appelle maman pour lui dire qu'on rentre, fit-il en regardant autour de lui. Est-ce que Chase vient aussi ?

— J'en suis sûre.

— Mon téléphone est mort, gémit Amrit. J'ai oublié de le brancher.

Elle n'était pas certaine de ce qu'elle devrait faire. Elle se retourna et regarda à nouveau aux alentours, mais Chase n'était pas là. Elle sortit alors son portable et lui envoya un texto. *« Je le ramène chez lui. »*

Puis elle saisit fermement la main d'Amrit et sortit avec lui du parc.

— Allez, on rentre chez toi. Chase nous rejoindra dans un petit moment.

CHASE LES VIT partir avec soulagement. Il n'avait pas eu l'occasion de signaler à Vanessa ce qu'il avait repéré. Il avait dû s'éloigner d'eux. Il estimait que ce vieux Ronnie cynique laisserait une femme et un enfant tranquilles si possible, mais il pourrait très bien les éliminer tous les deux.

Chase vit son ancien ennemi traverser le parc, apparemment peu soucieux de ce qu'il allait faire ou d'où il allait.

Mais Chase n'était pas dupe. Ronnie avait toujours su garder en tête les détails de ce qui l'entourait.

Lorsque Vanessa et Amrit sortirent du parc en direction de l'immeuble, Chase poussa un soupir de soulagement. Il y avait une bonne douzaine de gamins ici avec leurs parents. Il ne voulait sûrement pas que la fusillade ait lieu en public.

Ronnie continua son chemin et sortit du parc de l'autre côté, par l'arrière.

Chase le suivit prudemment, se tenant derrière les arbres.

Ronnie se dirigea vers un gros SUV noir qui l'attendait. Chase s'accroupit derrière, mais le véhicule partit trop vite pour qu'il puisse voir la plaque minéralogique. Il s'appuya à un arbre un instant et vit le SUV accélérer dans la rue et tourner à gauche – à l'opposé de la maison d'Amrit.

Il revint rapidement sur ses pas et rattrapa Vanessa et Amrit au moment où ils traversaient la rue devant le pâté de maisons où se trouvait le bâtiment de l'appartement d'Amrit. Il les héla et agita la main tout en courant vers eux.

— Hé ! Vous deux, vous allez si vite que j'ai failli vous perdre, blagua-t-il, et il se mit à leur rythme.

Il sourit à Vanessa en voyant son soulagement. Il tapota l'épaule d'Amrit et s'avança pour ouvrir les portes de l'immeuble.

— On te ramène chez maman.

Amrit ne voulut pas attendre l'ascenseur. Ils montèrent donc l'escalier en courant aussi vite que possible, tout en riant et en faisant des blagues pour arriver tout rouges de plaisir à la porte d'entrée d'Amrit. Celui-ci ouvrit la porte.

— Je suis rentré ! cria-t-il.

Sinja lâcha un cri de soulagement et prit immédiatement son fils dans ses bras. Chase les fit entrer rapidement dans l'appartement pour éviter les regards curieux. Une fois à l'intérieur, il expliqua où il avait trouvé Amrit. Puis il prit Sinja à part et lui rapporta le peu qu'Amrit avait confié. Après quoi, Sinja, pleurant doucement, s'occupa dans la cuisine de préparer le déjeuner des garçons.

— Manger, il faut manger, fit-elle. Mes garçons n'ont pas mangé. Ils doivent avoir faim.

Chase comprit que c'était réconfortant pour elle et prit le temps de parler avec Peter puis, tapant dans la main d'Amrit, il sortit avec Vanessa dans le couloir.

— Qu'est-ce qui t'est arrivé ? demanda-t-elle pendant que l'ascenseur descendait.

— J'ai vu Ronnie dans le parc, répondit-il à voix basse.

— Est-ce qu'il nous a vu avec Amrit ? demanda-t-elle, le souffle coupé, toute blême.

— Je ne pense pas, fit Chase en secouant la tête, mais je ne voulais pas courir le risque qu'il nous voie ensemble.

Les portes de l'ascenseur s'ouvrirent et ils sortirent, mais se rendirent compte qu'ils n'iraient pas plus loin. Ronnie se tenait devant eux, deux hommes armés à ses côtés. Tous les trois portaient le même tatouage.

Ronnie parla d'une voix basse et calme mais sa détermination inébranlable ne faisait aucun doute.

— Le garçon et sa famille restent en vie si tu viens tranquillement. Sinon, on les élimine tous aujourd'hui.

CHAPITRE 12

VANESSA TREMBLAIT DE rage en entendant la menace de Ronnie. Comment pouvait-il menacer cette famille ? Elle vit Chase carrer sa mâchoire tandis qu'il évaluait les trois hommes.

— Laissez partir Vanessa et je vous suis.

Ronnie éclata de rire.

— Pas question. On te connaît. Tant qu'on l'a, tu te tiendras tranquille. Sans elle, tu vas nous rendre la vie infernale.

Ça, c'était sûr. Mais il devait d'abord exclure Vanessa de l'équation.

— Parole d'honneur, fit-il instantanément. Elle n'a rien à voir avec la situation, pas plus que les deux gamins. Ils ont déjà assez souffert comme ça.

— Mon cœur saigne. On a bien assez de réfugiés dans le pays maintenant. Pourquoi ceux-là importeraient-ils plus ?

— Parce qu'on peut et qu'on doit aider les gens qui souffrent, rétorqua Vanessa, le regard noir. On a tellement plus que ces pauvres gens ! C'est notre devoir de les aider.

— Un sacré cœur sensible, grogna Ronnie tout en levant les yeux au ciel. Bon Dieu, Chase, tu n'as pas du tout changé.

Pour Chase, c'était un compliment.

— Toi si, par contre. Le Ronnie que j'ai connu ne prenait pas de femme ni d'enfant pour cible.

L'intéressé ne broncha pas. Il haussa ses massives épaules.

— Je fais ce que j'ai à faire.

Il indiqua aux deux hommes de se mettre derrière Chase et Vanessa. Chase entrelaça ses doigts à ceux de Vanessa et lui serra la main.

— Ne t'inquiète pas, Vanessa. Tout ira bien.

Un des pistolets le poussa dans le dos et il se figea.

— Avance, connard.

Chase n'avança pas et foudroya Ronnie du regard.

— Toujours le même Chase, ricana celui-ci. Tu as toujours détesté qu'on te menace dans le dos avec une arme. On l'a fait délibérément simplement parce qu'on savait que ça te rendrait fou.

Chase évalua silencieusement ses chances et les possibilités que Vanessa s'en tire saine et sauve.

Ronnie le poussa rudement dans le dos.

— Allez, avance.

Chase trébucha en avant et entraîna Vanessa avec lui par la double porte du garage souterrain. Ça fonctionna. Plus d'endroits où se cacher. Il fouilla tranquillement l'obscurité à la recherche d'options.

Il leur fallait se dépêcher avant d'être rattrapés par les hommes de Ronnie. C'était jouable même s'ils étaient armés, mais plus difficile s'ils étaient plus.

— Excusez-moi, fit un homme à droite. Je cherche à entrer dans le centre commercial qui est proche. Vous savez comment y aller ?

Chase eut du mal à cacher son sourire. Markus ne ferait jamais un bon touriste. Mais il faisait une superbe distraction.

Chase pivota et fit tomber du genou l'arme de l'homme

derrière lui. Il lui enfonça ses doigts dans les yeux et enchaîna par un uppercut dans la mâchoire. L'homme tomba. Chase se tourna vers le second. Le gars leva son arme pour tirer mais il était déjà plié en deux de douleur quand Chase lui prit son bras armé et, le brisant sur son genou, entendit avec satisfaction le craquement de l'os.

Du poing droit, il frappa durement l'homme au menton de toute sa force. Le tueur tomba comme une pierre.

Quand Chase se retourna, Markus tenait Ronnie sous la menace d'une arme. Il se détendit légèrement et se rendit compte que Vanessa se tenait tremblante au centre de ce chaos, les mains sur la bouche, les yeux exorbités tout en le regardant. Il lui ouvrit les bras et elle se jeta dedans. Tout en l'étreignant, il murmura :

— Ça va aller. On est de nouveau libres.

Elle se recula d'un geste brusque et le frappa sur l'épaule.

— Qu'est-ce que tu veux dire, « ça va aller » ? Tu viens de te battre contre deux hommes armés. Tu aurais pu être blessé. Tué.

Elle se tourna vers Markus, le regard dur :

— Il aurait pu, non ?

Markus dissimula son sourire avec peine. Mais il opina sagement et Chase sut ce qui allait arriver. Putain.

— Absolument. Il aurait pu être gravement blessé, fit Markus en affichant le sourire le plus infernal possible.

Chase lui jeta un regard noir.

— Tu vois ? dit Vanessa en se retournant vers Chase. Même Markus sait bien qu'il ne faut pas attaquer deux hommes. Il a d'abord pris une arme.

Markus ne put s'empêcher de ricaner. Elle se retourna vers lui. Immédiatement, il abandonna son sourire et fit la grimace. Il jeta un regard désespéré à Chase du genre « aide-moi à me sortir de là ». Mais c'était au tour de Chase de ricaner tandis qu'elle passait un savon à Markus.

— Vous devez vous entraider ! s'écria-t-elle. Je n'ai vraiment pas besoin que Chase soit blessé.

Elle se rendit de ce qu'elle avait dit et de son ton :

— Amrit serait dévasté, ajouta-t-elle.

Chase gloussa, se pencha et murmura :

— Seulement Amrit ?

Elle se retourna vers lui et il l'embrassa.

Les mains encore sur les hanches, elle eut le souffle coupé. Et il se mit à rire, savourant son expression.

— Je suis ravi de voir que tu te défends bien dans une situation dangereuse.

Sans lui donner l'occasion de répondre, il se baissa et attrapa les deux gangsters qu'il tira vers le mur. Il les y laissa et se tint au-dessus d'eux.

— Qu'est-ce qu'on va en faire, maintenant ? demanda-t-il à Markus.

Mais les sirènes qu'on entendait approcher répondirent à la question.

En quelques minutes, ils furent totalement encerclés par des officiers de police. Ronnie était couché par terre. Markus le surveillait et s'identifia rapidement. Mais il ne lâcha pas Ronnie des yeux un instant. Chase fit de même tout en s'approchant de Vanessa, protecteur.

Quand les policiers comprirent ce qui s'était passé, ils se précipitèrent pour menotter les trois hommes. Markus rendit l'arme qu'il avait ramassée et regarda Chase.

— Tu dois t'expliquer ?

— Oui, répliqua Chase, je dois parler au procureur. J'ai des informations sur une affaire.

— Non ! hurla Ronnie en tentant de se jeter sur Chase.

— Si, poursuivit Chase, le regard sombre. Il faut que ça s'arrête. Gregory est un meurtrier et toi et moi, on le sait. Si ça se trouve, tu en es un, toi aussi.

Il indiqua de la main Vanessa, tout le parking et l'appartement au-dessus de lui :

— Tu viens de menacer deux petits garçons, leur mère *et* Vanessa. Tu pensais que je n'allais rien faire ?

Ronnie le regarda sombrement et ne dit rien. Chase détestait trahir. Derniers vestiges de culpabilité du jeune qui se sentait redevable envers Ronnie, qui l'avait abrité et avait facilité sa vie dans le gang.

— Dommage que tu n'en sois pas sorti, Ronnie. On ne serait pas ici.

— Je serai sorti d'ici une heure, répondit-il, faisant délibérément semblant de mal comprendre. T'inquiète.

C'était malheureusement bien possible. Avec un avocat décent, pas de casier, un bon comportement et une espèce d'excuse valable, il serait à nouveau libre le jour même. Chase espérait qu'il ne le reverrait pas mais il en doutait.

Chase et Vanessa virent Ronnie être embarqué à l'arrière d'un véhicule de police. On avait appelé une ambulance pour les deux autres membres du gang. Ils furent vite transportés à l'arrière avec un officier pour les surveiller tandis qu'on les emmenait à l'hôpital.

— On aura besoin de votre déposition.

— On ira au poste dans quelques minutes, opina Chase.

Les flics partirent, les laissant là tous les trois. Vanessa se tourna pour observer Chase et Markus.

— Qu'est-ce qu'il y a ? demanda Chase, étonné par son regard.

— Et les gars de Ronnie qui attendaient son retour dans la voiture ?

D'un mouvement de la tête vers la gauche, elle murmura :

— C'est eux, non ? Ils sont restés cachés ici tout ce temps.

POUSSANT DOUCEMENT VANESSA devant eux, Chase la fit sortir au soleil avec Markus derrière. Il fallait l'éloigner de ce véhicule et des deux hommes assis à l'intérieur qui attendaient.

— On ne sait pas qui c'est, fit-il à voix basse. On ne veut pas qu'ils sachent que ça nous inquiète.

— Alors on va simplement les laisser ?

— Non, répondit joyeusement Markus. Absolument pas.

Il passa devant eux en disant à voix basse :

— On doit les forcer à réagir, comme ça on saura dans quel camp ils sont.

Vanessa grogna.

— Je suppose qu'avoir le même tatouage sur le biceps et attendre dans un véhicule aux vitres fumées ne constitue pas un aveu, dit-elle, sarcastique, d'une voix si basse que les deux hommes durent se pencher légèrement pour l'entendre.

— Et si c'est ce que vous pensiez, pourquoi ne pas l'avoir mentionné aux flics ? fit Markus.

— Parce que, comme vous l'avez dit, je n'avais pas de preuve, répondit-elle, un sourire en coin. Pas plus que vous.

Chase entendit le van démarrer et les suivre lentement. Il croisa le regard de Markus un millième de seconde avant que Markus ne se dirige vers une voiture sur le côté.

Chase poussa Vanessa en avant tout en cherchant un endroit où la cacher.

— Quand je dis « à droite », fit-il, courez vers l'arrière de ce pick-up, d'accord ?

Elle le regarda, surprise, quand il la saisit et lui expliqua rapidement.

— Ne tournez pas la tête. S'ils approchent, laissez-les faire. Mais on ne veut pas qu'ils sachent qu'on a des doutes.

Le van s'approcha lentement. Quand il fut à deux mètres, Chase fit d'une voix basse et dure :

— À droite.

Vanessa se rua vers sa cachette. Le van s'arrêta dans un crissement de freins. Chase sauta sur le côté du van et attrapa la tête du passager avant dans une clé de bras.

Markus attaqua le chauffeur et Chase demanda durement :

— Qui êtes-vous ?

Mais les hommes ne pouvaient pas parler.

Chase desserra suffisamment le bras sur la gorge de son captif pour ouvrir la porte et jeter l'homme sur le sol cimenté. S'emparant de l'arme, il fit rapidement glisser la porte coulissante pour s'assurer qu'il n'y avait pas d'autres hommes cachés derrière, mais le van était vide.

— R.A.S., Markus.

Mais peut-être pas car, quand il se retourna, il reçut un coup de poing en pleine mâchoire. Il fut projeté sur le côté du van, brièvement étourdi.

Le second coup lui fit un mal de chien. Et l'énerva. Il attrapa l'homme par l'épaule et le frappa durement plusieurs fois dans le ventre. Les deux hommes luttèrent pendant quelques minutes avant que quelque chose lui passe devant le coin de l'œil et frappe son assaillant. Dans un mouvement comique, l'homme s'affaissa lentement par terre. Et ne bougea plus. Chase leva un regard étonné sur Vanessa, qui tenait une arme semi-automatique comme une batte, levée en ce moment même pour frapper une deuxième fois.

— Ne le frappez plus. Il est K.O.

Elle baissa l'arme lentement comme si elle détestait ce qu'elle avait fait et la lâcha vite.

— Je déteste ces trucs.

— Ils sont très utiles, fit-il avec un sourire.

— Mais rarement utilisés à bon escient, dit-elle en le regardant, puis elle hésita avant de se précipiter vers lui.

Il comprit au dernier moment ce qu'elle faisait et ouvrit les bras. Elle s'y blottit si profondément qu'il sentit les tremblements qui secouaient sa petite silhouette. Il la serra fort et la tint contre son cœur.

— Tu as été formidable.

Elle secoua la tête, faisant virevolter ses cheveux dans tous les sens.

Cette fois-ci, elle ne prit pas la peine de répondre, se rapprochant encore plus.

Il lui caressa lentement le dos de haut en bas, et l'aida à se remettre du choc du dernier événement. Il jeta un coup d'œil à Markus qui leva le pouce. Il leva les yeux au ciel, mais savait ce que Markus voulait dire.

D'autres sirènes se firent entendre au loin. Markus se rapprocha en traînant le chauffeur. Il tenait son portable.

— Mason est en route.

— Bien, fit Chase en observant l'homme à leurs pieds. Je dois aller au commissariat. Il faut que ça s'arrête.

— Pas tout seul, dit Vanessa qui recula suffisamment pour pouvoir le regarder. On dirait qu'ils ne manquent pas d'hommes. Vous ne pouvez pas aller au poste tout seuls. Ils risquent de vous tendre une embuscade.

— Elle a raison, tu sais, maintenant le reste du gang va te

pourchasser, déclara Markus. De plus, Vanessa doit aussi aller au poste pour faire sa déposition.

— Bien. Je n'offre pas une grande protection, même si je peux faire mieux que ce que j'ai fait jusqu'à maintenant, dit Vanessa en quittant les bras de Chase avec un sourire, puis elle se mit sur la pointe des pieds et l'embrassa sur la joue. Merci de m'avoir encore sauvée.

— Je crois que c'est vous qui l'avez sauvé, nota Markus avec humour. Les gars vont adorer.

— Alors, on est à égalité, dit-elle en riant. Il m'a déjà sauvée.

Chase savait qu'elle riait de soulagement après les événements. Une soupape. Il supposa que le câlin et le baiser étaient du même ordre. Quand bien même ç'aurait été bien que ce ne soit pas le cas. Elle était quelqu'un de bien. Il adorerait passer du temps avec elle.

Peut-être que s'il arrivait enfin à régler ce problème, il pourrait lui proposer de sortir avec lui.

L'air s'emplit de bruits de véhicules se ruant vers eux. Ils se mirent sur le côté tandis que des camions et une grosse Jeep entraient dans le parking. On entendait au loin les sirènes de police. Chase rit.

— On dirait que la moitié de la bande est venue.

— Qu'est-ce que tu crois ? fit Markus en se dirigeant vers lui. Quand un de nous est à terre, le reste vient le chercher.

— Ce sont les hommes avec qui vous travaillez ?

Chase entendit la fascination et la curiosité dans sa voix mais, heureusement, aucune peur. Il glissa un bras autour des épaules de Vanessa à nouveau et l'attira contre lui.

— Oui. Ce sont mes meilleurs amis, mes frères, en fait, fit-il doucement, l'air fier. Je les considère comme mon unité.

— Bien, dit-elle opinant emphatiquement. Quelqu'un doit veiller sur toi. Tu n'arrêtes pas d'avoir des problèmes.

Swede et Mason étaient assez près pour entendre ce commentaire. Swede éclata d'un grand rire. Mason se contenta de sourire. Les deux hommes serrèrent d'abord la main de Vanessa puis se présentèrent. Chase ajouta :

— Vanessa s'occupe d'Amrit.

Le visage des hommes devint encore plus chaleureux.

C'était comme ça avec ces types. N'importe qui de bien était le bienvenu dans le groupe. Et parmi tout ce en quoi il avait confiance, c'était le jugement de caractère de ces hommes auquel il se fiait le plus. Ils avaient aussi vécu récemment des expériences avec des femmes spéciales. Il voulait qu'ils aiment Vanessa autant que lui. Qu'ils la trouvent aussi spéciale que les partenaires qu'eux avaient déjà trouvées.

Naturellement, ça ne voulait pas dire qu'elle ressentait la même chose pour lui.

— Qu'est-ce que j'entends ? Que Chase a toujours des problèmes ? demanda Dane qui venait derrière avec Hawk.

Il ne les avait pas entendus approcher. Derrière eux se tenait Shadow, silencieux et toujours vigilant.

Vanessa parut y être immédiatement sensible. Elle étudia les quatre hommes devant elle puis posa le regard sur le cinquième.

— Si vous faites partie des hommes de Chase, vous êtes aussi le bienvenu.

— Il s'appelle Shadow, fit Chase en serrant l'épaule de Vanessa. Et oui, il est avec nous.

— Bien sûr. Il a la même dangereuse expression que vous tous. Et c'est une bonne chose, ajouta-t-elle, regardant le reste de l'équipe, parce que Chase est dans le pétrin, et comme vous le voyez, il passe d'un chaos à un autre. Quelqu'un doit le reprendre en main et arrêter tout ça.

Chase leva les yeux au ciel en voyant le sourire des hommes devant lui.

Markus se rapprocha de Mason et Swede.

— D'accord. Chase est en mauvaise posture, mais Vanessa nous a beaucoup aidés. Elle a assommé le dernier type avant qu'il ait le temps de tirer sur Chase.

— Super, marmonna Chase. Je n'ai pas fini d'en entendre parler.

Il avait simplement oublié que Vanessa pouvait l'entendre.

Elle se retourna et le poussa du doigt assez violemment pour le faire reculer.

— Ne prends pas ça à la légère, dit-elle en le frappant du doigt. Tu es trop important pour te moquer de quelque chose qui risque de te tuer. Ces hommes sont tes amis et ils t'*aideront*.

À chaque coup du doigt, il reculait, ne sachant comment réagir. Et à chaque fois, elle élevait la voix et finalement, il perçut la note de peur qui se glissait dans les mots.

— Je ne vais rien faire d'idiot, répondit-il doucement. J'apprécie trop ma vie pour ça. Mais je n'ai pas besoin d'eux autour de moi pour s'assurer qu'on ne me tire pas dessus, fit-il en regardant ses amis, dégoûté. Ils vont déjà se fiche de moi pendant des années à cause de ça.

Elle mit immédiatement les mains sur les hanches et tapa de sa botte le sol cimenté.

— Il vaut mieux qu'ils rient de toi maintenant que de pleurer à ton enterrement, lança-t-elle, le regard noir. Prends soin de toi, tu m'entends ?

— Ça veut dire que tu te soucies de moi ? la taquina-t-il gentiment.

Elle devint instantanément écarlate.

Mais elle tint bon et lui jeta un regard encore plus noir.

— Et c'est reparti à la rigolade, pour prendre ça à la légère. Mais si je dois venir pour m'assurer qu'on te sauve les fesses, alors je viendrai.

— Vous savez, fit Swede d'une voix taquine derrière elle, je pense que ce serait vraiment une bonne idée. Si on vous *garde*, alors je suis plutôt sûr que Chase se tiendra bien.

— Mon œil, fit Chase en riant doucement, et il tenta de passer rapidement à autre chose avant qu'elle ne comprenne que Swede avait mis l'accent sur « garde ».

C'était une blague entre eux qu'elle ne comprendrait pas. Ça pourrait même la gêner encore plus. Il n'avait aucune intention de la lui expliquer. Pas maintenant et peut-être jamais.

Les voitures de police arrivèrent en quelques secondes, avec leurs sirènes à fond, rejoignant le groupe important d'hommes. Mason alla parler au conducteur du premier véhicule. Rapidement, les deux gangsters furent menottés et interrogés mais, récalcitrants, ils se renfrognèrent sans répondre et furent embarqués à l'arrière et conduits au centre-ville. Quand ils furent partis, Mason se tourna vers Chase.

— Vous allez en ville maintenant ?

C'était plutôt un ordre direct qu'une question et il faisait allusion à plus que l'incident avec les gangsters mais Chase comprit.

— J'ai déjà contacté le procureur hier soir. Mais on doit aller au poste pour faire nos dépositions tout de suite.

Il jeta un coup d'œil à Vanessa et remarqua à ce moment-là qu'ils s'étaient tout le temps tenu la main. Il baissa le regard sur leurs doigts entrelacés et sentit que c'était bien. Naturel. Parfait. Il lui serra les doigts.

— Tu es prête ?

— Tu sais que je préférerais aller chez le dentiste me faire dévitaliser une dent plutôt que faire une déposition, n'est-ce pas ? dit-elle en grimaçant.

— C'est toi qui as dit que tu avais déjà témoigné au tribunal et que, même si c'était difficile, ça n'avait pas été *si* difficile, fit-il avec un grand sourire.

— Oui, mais je témoignais au nom de quelqu'un, soupira-t-elle. Jamais pour moi.

— Et tu aurais peut-être dû.

En entendant le ton dur de Chase, Vanessa le regarda et fronça les sourcils. Puis elle comprit de qui il parlait et ses épaules tombèrent.

— Il a quitté le pays de suite. Qu'est-ce que j'étais censée faire ?

— Ouvrir un dossier, comme ça, si cette ordure revient un jour, on l'attrapera. Il y a peut-être une sorte d'accord avec la Russie qui pourrait le faire revenir pour un procès.

— J'ai demandé, dit-elle en secouant la tête, ça n'existe pas, alors j'ai décidé de tourner la page.

— Du moment que tu l'as fait, fit-il et, sans lui laisser une chance de répondre, il la poussa gentiment vers la grosse Jeep devant eux. Un des gars va nous emmener à votre voiture. Ensuite, on ira au poste de police.

— Seuls ?

— Non, je te l'ai déjà dit. Tu ne seras pas seule jusqu'à ce que tout soit fini.

— Et toi ? Qui va veiller sur toi ? demanda-t-elle d'une voix acide.

Il ne répondit pas.

CHAPITRE 13

FAIRE UNE DÉPOSITION au nom de ses clients et des gens avec qui elle travaillait était bien différent d'en faire une sur ce qui lui était arrivé à elle. Elle préférait la première option.

Mais cela lui fit mieux comprendre le processus, le sentiment de violation, même les questions qui ressemblaient à un interrogatoire. Comme si elle mentait.

Elle détestait ça.

Mais cela ne prit pas aussi longtemps qu'elle s'y attendait. Une fois qu'elle fut sortie, on lui demanda de s'asseoir sur un banc tandis que Chase était appelé dans une autre salle. Apparemment, le procureur était présent pour une autre affaire mais voulait lui parler. Elle se mordit la lèvre inférieure en se demandant combien de temps il mettrait. Elle vérifia son portable plusieurs fois. Il lui semblait que ça faisait des heures que Chase était là. Finalement, elle entendit quelqu'un l'appeler. Elle leva les yeux et vit Chase près d'une porte ouverte qui lui tendait la main. Elle se précipita vers lui et glissa sa main dans la sienne.

— Tu as fini ? On peut rentrer maintenant ?

— Pas tout à fait, dit-il en tournant la tête vers la personne à l'intérieur. On est en train d'imprimer des documents. Ça va prendre un peu de temps mais je voulais m'assurer que tu allais bien.

— Est-ce que je peux entrer avec toi ? demanda-t-elle doucement, passant en revue du regard le bruyant commissariat.

Elle voyait et entendait bien des choses et c'était perturbant à bien des égards.

Particulièrement quand Chase était dans une salle privée, hors de sa vue.

— Bien sûr, dit-il, et il la fit entrer dans la pièce où il la présenta rapidement au procureur qui s'occupait du procès de Gregory.

On leur avait donné une petite salle de réunion et c'était bien plus confortable que d'être en salle d'interrogatoire. Elle s'assit silencieusement dans un coin tandis que les hommes relisaient les documents. Et il y en avait des tonnes.

Chase termina enfin et se leva. Elle avait passé tout ce temps à écouter des bribes de sa vie. Ce n'était pas très plaisant d'entendre les détails sur la manière dont Gregory avait terrorisé la ville où Chase avait grandi.

Elle était navrée pour lui, de ce qu'il avait vécu mais, en même temps, il lui accordait une preuve de confiance en la laissant voir et entendre tout ça. Ça lui permettait de comprendre qui il était maintenant et comment il était devenu l'homme qu'il était aujourd'hui.

Elle comprit quel adolescent terrorisé il avait été. Elle avait vécu ça elle aussi, mais dans une moindre mesure. Il avait fallu à Chase une tonne de courage pour même recueillir toutes ces informations. Qu'il s'y accroche aussi longtemps avait exigé qu'il anticipe, avec l'idée qu'un jour il y aurait un règlement de compte. Elle comprenait qu'il n'avait pas utilisé ces documents durant toutes ses années dans l'armée car c'était une vie totalement différente et qui semblait probablement très éloignée du garçon qu'il avait été.

Mais c'était Gregory qui l'avait mis sur la table. Et Chase ne serait jamais un gars qui fuirait un combat.

Au contraire, il se lèverait et dirait « amène-toi ».

CHASE ENVOYA RAPIDEMENT un texto à Mason pour lui dire qu'il avait fini.

— Désolé, Vanessa, ça a pris bien plus longtemps que je pensais.

— Plus longtemps que je pensais, moi aussi, dit-elle en souriant. Mais il fallait le faire.

Ils sortirent dans la lumière maussade et comprirent qu'il était plus tard qu'ils croyaient et que l'air était plutôt frais.

— Tu veux aller où maintenant ?

— Franchement, j'ai une faim de loup, dit-elle en regardant autour d'elle, frottant ses bras nus. Et tes amis ? Ils sont toujours là ?

Chase entoura ses épaules d'un bras comme s'il pouvait l'aider à chasser la fraîcheur et la ramena à sa voiture. Il déverrouilla la portière, attendit qu'elle soit assise et attachée puis fit le tour côté conducteur. Il attacha sa ceinture.

— Les gars sont toujours là. Ils surveillent le bâtiment à tour de rôle pour s'assurer que personne n'essaie de m'empêcher de fournir des preuves.

— Alors c'est fini ? Ou tu vas devoir témoigner ?

— Le procureur veut que je témoigne, donc je serai appelé à la barre.

Elle opina et lui prit la main.

— Tu fais ce qui est juste,

Il lui adressa un sourire et démarra. Il s'éloigna du trottoir et s'inséra dans la circulation. Vu l'heure tardive, il y avait peu de trafic.

— Tu veux qu'on achète un truc pour le manger chez Brett ou sortir dîner ?

— Ce qui est le plus rapide, répondit-elle.

Il tourna deux fois à droite pour quitter le centre-ville et revenir chez Brett quand il remarqua qu'une petite voiture prenait les mêmes virages. Il saisit son portable et envoya rapidement un texto à Markus. Son portable vibra. Il le prit et lut la réponse : « *M'en charge.* »

Il lâcha le portable et se dirigea vers un restaurant de pâtes populaire.

Il pourrait commander une lasagne extra-large. Il prit plusieurs virages en chemin vers le restaurant, en essayant de toujours garder l'œil sur le véhicule derrière lui. Il n'essayait pas délibérément de semer son suiveur, mais ça commençait à l'énerver.

— La voiture nous suit toujours ? demanda Vanessa d'une petite voix.

— Oui, mais Markus la prend en filature.

— Oh, dit-elle en riant. J'avais oublié qu'on n'était pas seuls.

Au bout de quelques minutes, Chase entra dans le parking du restaurant. Il conduisit lentement pour trouver un emplacement d'où il pourrait sortir facilement et vite.

— Ça va, là ?

— C'est parfait, dit-elle, et elle ouvrit la portière.

Au moment où elle allait sortir, le pare-brise éclata. Chase lâcha un juron, la saisit et la poussa sur le plancher.

— Reste là, fit-il et il rampa parmi les débris de verre sur le siège passager au bout.

Il n'avait pas d'arme et était coincé par un tireur. En mauvaise posture. Le parking était pratiquement vide, puisqu'il était tard pour le déjeuner et tôt pour le dîner. Est-ce que quelqu'un à l'intérieur avait entendu le coup de feu ?

— C'était ma voiture, murmura Vanessa assez fort. J'en ai besoin pour aller travailler.

Il lui tapota l'épaule tout en balayant l'endroit du regard.

— On la fera réparer.

Il ne parla pas du fait que la balle aurait pu faire bien plus de dégâts que de démolir un pare-brise.

— Ça prendra trop de temps, rétorqua-t-elle, la voix pleine de colère.

La colère formait un bon dérivatif à la véritable émotion, la peur. Il entendit des bruits de pas de course qui traversaient le parking vers eux en même temps qu'il entendit Hawk pousser un cri.

— Chase, ça va ? lança Markus.

— On va bien, tous les deux, répondit Chase à voix basse. Il regarda par-dessus l'arrière du véhicule et vit Markus venir à droite et s'accroupir derrière.

— Hawk et Shadow sont partis à sa recherche.

Ils entendirent au loin le crissement de pneus alors qu'un véhicule s'enfuyait dans la nuit.

— Il est parti, fit Chase en se relevant prudemment.

Il fixa les phares qui disparaissaient au loin.

— Putain. La situation s'est vite aggravée.

CHAPITRE 14

— JE PENSE bien que c'est grave ! s'exclama Vanessa en écho au commentaire de Chase.

Elle sortit de la voiture, secoua avec soin ses vêtements puis elle se pencha.

— Je n'imagine pas que ça puisse devenir pire. À moins que l'une de ces nombreuses balles qui volent autour de nous touche réellement l'un de nous, dit-elle en touchant Chase du doigt. Un de ces jours, ils ne vont pas rater leur cible.

— Et tu peux être sacrément soulagée que ce ne soit pas des militaires. Parce qu'eux n'auraient pas raté la première fois. Ce sont simplement des voyous qui s'exercent, fit Markus derrière elle.

— D'habitude, ce sont de bons tireurs, fit Chase en secouant la tête. J'ai fourni toutes les informations que je pouvais. Il ne reste plus qu'à se faire invisible jusqu'au procès.

— Jusqu'à présent, ça ne nous a pas réussi, déclara Vanessa en se tournant pour examiner le parking. Il nous faut une dépanneuse.

Elle détestait être sans véhicule pour aller au travail le lendemain, même si elle allait se faire porter malade de toute façon. Elle n'en avait vraiment pas envie. Elle savait aussi qu'Amrit et Peter s'inquiéteraient si elle n'était pas disponible. Elle devrait les appeler pour les prévenir qu'elle ne serait pas au bureau pendant quelque temps. Elle se tourna vers Markus.

— Est-ce que quelqu'un veille sur Peter et Amrit ? Si ces enfoirés nous ont suivis tout ce temps, qui peut dire s'ils ne vont pas retourner attaquer cette pauvre famille ?

Markus tenait un portable.

— Cooper a monté la garde toute la journée. Personne n'est entré dans l'appartement.

Vanessa laissa ses épaules s'affaisser de soulagement.

— Bon, merci. Cette histoire est en train de me rendre folle.

Son estomac gronda dans le silence de la nuit. Elle se croisa les bras sur la poitrine.

— Désolée. J'ai vraiment faim.

— On doit attendre la dépanneuse de toute façon, fit Chase. Pourquoi ne pas commander à emporter ?

Elle se mordit la lèvre inférieure. L'idée d'une soirée dehors avec Chase lui plaisait mais ça ne s'était pas passé exactement comme elle l'avait espéré. Elle se sentait maintenant vulnérable. Exposée. Elle voulait rentrer chez elle, où elle se sentait en sécurité. Ce qui déclencha une autre frayeur.

— On sera en sécurité chez Brett ?

Markus et Chase opinèrent tous les deux.

— Ils n'ont aucun moyen de savoir où vous séjournez, fit Markus. Je vais vous suivre et quelqu'un d'autre nous suivra pour s'assurer que personne ne vous pourchasse.

— D'accord, soupira-t-elle avant de poursuivre d'une voix prudente : Je vais entrer dans le restaurant pour commander et quand je sortirai, il y aura ici, espérons-le, une dépanneuse qui s'occupera de ma voiture. Après quoi, vous ou quelqu'un d'autre de votre unité nous conduira chez Brett où je pourrai manger. Puis me coucher.

Elle était déjà en train de reculer vers la porte d'entrée du restaurant.

— Ça marche pour vous les gars ?

Tous les deux acquiescèrent en silence.

— Bien, parce que c'est ce que je vais faire de toute façon.

Elle plissa les yeux pour les défier de discuter, puis tourna les talons et entra. La serveuse l'accueillit dès qu'elle pénétra dans l'atmosphère chaleureuse où on entendait en fond une musique entraînante.

Vanessa sourit tout en détestant ses mains tremblantes. Elle les fourra dans ses poches et adressa à la serveuse un sourire confiant.

— Pourrais-je voir un menu, s'il vous plaît ? Je voudrais commander à emporter.

— Certainement mais le restaurant est agréable si vous souhaitez vous asseoir et passer un bon moment, répondit la serveuse.

Ça devait être une soirée calme s'ils cherchaient à faire asseoir les gens. Pourtant, les lumières tamisées, le décor moderne et la musique en sourdine en faisaient un joli endroit pour sortir.

— Désolée. On avait prévu de dîner ici mais il y a eu une urgence.

Elle accepta le menu et l'ouvrit. Dieu merci, ses mains ne tremblaient plus.

— On se réjouissait de dîner ici, alors c'est la meilleure option.

La serveuse était très agréable et, en quelques minutes, Vanessa avait passé et payé sa commande. Tout en rangeant sa carte bancaire, elle regarda autour d'elle.

— Où se trouvent les toilettes, s'il vous plaît ?

La serveuse lui indiqua un petit couloir à droite. Vanessa y entra, heureuse de voir que le lieu était pour une seule personne. Elle ferma la porte à clé, posa son sac et passa sa chemise par-dessus sa tête pour bien la secouer au-dessus de la poubelle. Elle entendit de minuscules fragments de verre heurter les côtés métalliques.

Elle sortit un peigne de son sac et le passa soigneusement dans ses cheveux pour déloger d'autres morceaux de verre.

Elle utilisa les toilettes et se lava les mains. Rhabillée et se sentant un peu plus normale, elle alla retrouver la serveuse. Il y avait un banc près de la porte d'entrée. Elle s'y assit et attendit que sa commande soit prête.

Elle regarda sur son portable si elle avait des messages et trouva sa boîte mail engorgée, comme d'habitude. Elle recevait des centaines de mails par jour durant la semaine mais, en général, c'était plus calme le week-end. Elle les passa au crible et effaça ceux qu'elle pouvait.

— Voici votre commande, fit la serveuse en tendant deux grands sacs devant elle.

Vanessa sauta sur ses pieds avec un sourire reconnaissant et replaça son portable dans son sac.

— Oh, merci. Ça sent délicieusement bon, dit-elle en prenant les sacs, surprise par leur poids et comme la serveuse lui tenait la porte ouverte, elle ressortit.

Comme elle se rapprochait des hommes, une dépanneuse entra dans le parking.

— Elle tombe bien, dit-elle en hochant la tête vers le camion.

— Comme tu l'as ordonné, fit Chase, souriant. Ça sent bon. Tu vas partager ?

Elle fit semblant de lui lancer un regard outré, soulagée de voir qu'on s'occupait de sa voiture. Elle n'avait jamais dû faire remplacer son pare-brise et ne se réjouissait pas du processus mais comme elle était assurée, tout rentrerait dans l'ordre. Du moins l'espérait-elle.

— Je ne suis pas bien sûre, blagua-t-elle, se mettant à rire devant son air horrifié. J'ai pas mal faim. Il risque de ne pas y en avoir assez pour deux.

— Ça suffira, fit-il en la menant vers le camion de Markus dont il lui ouvrit la porte arrière. Si tu attends ici, on devrait pouvoir s'en aller dans quelques minutes.

Elle se hissa à l'intérieur, heureuse d'être au chaud et en sécurité. Elle était fatiguée de ne presque pas avoir dormi la veille, et la journée avait été très occupée. Le stress commençait à la gagner. Elle appuya le dos, les yeux fermés.

Que cette journée finisse vite.

— ELLE DORT ? demanda Markus.

— Je ne crois pas. Ça a été une longue et rude journée, fit Chase en s'éloignant de la dépanneuse pour aller vers le camion de Markus. Il est plus que l'heure de la faire rentrer. Elle devrait dormir toute la nuit maintenant car on n'a pas beaucoup dormi la nuit dernière.

Parlant à voix basse, Markus et Chase entrèrent dans le véhicule et allèrent chez Brett. Chase surveilla la route pour voir s'ils étaient suivis mais ne vit rien d'anormal.

— Qui monte la garde chez Brett ?

— Hawk et Shadow sont partis il y a un petit moment. Ils n'ont pas réussi à attraper le tireur, alors ils sont allés chez Brett en sachant que ce serait votre prochaine étape.

— Bien.

— Tu dois contacter le commandant pour prendre des dispositions, fit Markus.

— Demain, c'est lundi, fit Chase en opinant. Je le ferai le matin.

— Et pour Vanessa et son travail ?

— Elle a peur de le perdre à cause de tout ça, répondit Chase en secouant la tête.

— Elle ne peut pas aller bosser. Elle mettra d'autres personnes en danger, fit Markus d'une voix plus grave. Le commandant peut arranger les choses.

— Je verrai ce qu'il en dira demain matin.

Ils poursuivirent en silence jusqu'à ce que Markus arrive dans la rue de Brett. Chase se tourna pour regarder Vanessa. Elle semblait dormir, bougeant doucement suivant l'allure du camion. Il l'appela d'une voix douce :

— Vanessa, tu es réveillée ?

— Je suis réveillée, dit-elle en ouvrant les yeux, et elle le regarda en souriant. Je me reposais.

— D'abord, on mange, fit-il avec un sourire, puis tu vas te coucher et passer une bonne nuit.

Ils se garèrent dans l'allée de Brett.

Elle bâilla.

— Je ne vais pas discuter, dit-elle d'une voix endormie.

Markus passa toute la maison au crible tandis que Chase menait Vanessa à la cuisine et la faisait asseoir. Il sortit ensuite des assiettes. Il ouvrit les sacs et sortit les boîtes. Et plus de boîtes.

— Tu attends combien de personnes pour dîner ? demanda-t-il, interrogateur.

— J'ai faim, dit-elle avec un sourire en coin en observant la multitude de plats. J'ignorais aussi combien de tes amis seraient là.

— Maintenant qu'ils savent qu'il y a à manger, il y en aura plus, fit-il en lui tapotant l'épaule. Et tous apprécieront ton idée.

Il retourna au placard et sortit d'autres assiettes. Ouvrant la première boîte, il inhala le riche arôme de lasagnes à la viande. Il lui servit une grosse portion avec soin et poussa une fourchette et un couteau vers elle.

— Mange tant que c'est chaud.

— Pas tant que tu ne te seras pas assis pour manger, toi aussi, dit-elle en secouant la tête.

Il se servit rapidement et s'assit à côté d'elle.

— Mange maintenant.

Elle découpa une première bouchée, la mit dans sa bouche, puis ferma les yeux tout en savourant le goût. Encouragé par sa réaction, il prit rapidement une bouchée.

— Mon Dieu, que c'est bon, marmonna-t-elle.

Elle avala vite un deuxième puis un troisième morceau.

Il s'adossa, heureux de la voir manger avec un tel enthousiasme. Il voulait s'assurer qu'elle aurait enfin l'estomac plein. Lui en ce moment aurait préféré un régime liquide au lieu de vraie nourriture mais peut-être que, s'il avalait ça, il pourrait avoir le reste après. Un bon verre de whisky serait parfait.

Après des journées pareilles, peut-être deux verres.

— Tu ne manges pas ?

Il se rendit compte qu'elle s'était arrêtée de manger parce que lui ne mangeait pas.

— Mais si, fit-il en riant. Simplement je suis content de te voir apprécier autant le repas.

— C'est délicieux, déclara-t-elle en raclant son assiette, puis elle posa le couteau et la fourchette sur le côté et repoussa son assiette vide. Et maintenant, je n'ai absolument plus faim.

— Bien, fit Chase qui avala plusieurs bouchées avant que

n'entre Markus, dont le visage et les yeux s'éclairèrent en se posant sur les multiples plats.

— Vous n'auriez pas de rab, je suppose ?

— J'en ai acheté assez pour vous aussi, les gars, dit Vanessa en riant.

— On apprécie beaucoup, fit Markus en saisissant une assiette. Merci. Je n'ai pas déjeuné et ça fait longtemps que le petit déjeuner a disparu.

— Mange, fit Chase. Je lave mon assiette et puis j'irai relever Hawk.

Markus acquiesça et s'assit. Chase se leva et apporta son assiette, son couteau et sa fourchette à l'évier. Il se tourna vers la table.

— Vanessa, je reviens dans un petit moment. Je vais prendre la relève des gars pour qu'ils puissent venir manger. Markus veillera sur toi. Je ne serai pas absent longtemps.

Elle hocha la tête mais son regard s'imposa à lui. Il se pencha et la serra rapidement dans ses bras. D'instinct, il déposa un baiser sur sa tempe.

— Je reviens vite.

CHAPITRE 15

VANESSA REGARDA CHASE passer la porte de la cuisine avec des mouvements furtifs, pareil à une panthère, tandis qu'il faisait le tour de la maison. Elle appréciait qu'il relève un des deux autres gars mais, en même temps, elle aurait aimé que ce soit Markus qui le fasse.

Ce dernier était un chouette type et elle l'aimait bien, mais il n'était pas Chase. Maintenant qu'elle était rassasiée et au chaud, elle ressentait une énorme fatigue. Elle n'avait pas dormi sur le chemin du retour mais pas loin.

— Café ? demanda Markus en tendant la main pour prendre l'assiette vide de Vanessa.

— Un café serait merveilleux, merci, dit-elle en s'affaissant contre la chaise et en se demandant si elle pouvait simplement aller dans sa chambre.

Seulement, elle ne pensait pas dormir, alors le café ferait peut-être du bien. Tandis que Markus démarrait la cafetière, la porte s'ouvrit pour laisser entrer un homme qu'elle avait vu brièvement dans le parking souterrain.

— Vous êtes Hawk, n'est-ce pas ?

— Oui, c'est moi, opina-t-il en souriant. Chase dit qu'il y a à manger ici.

Il parcourut la cuisine du regard puis se dirigea vers la table.

— Bien. Je meurs de faim.

— Il y en a plein, dit Vanessa en indiquant la table devant elle. Servez-vous.

— Faites attention à qui vous dites ça dans notre groupe, fit Hawk en riant. Moi je mange en quantité normale mais certains mangent beaucoup.

— Swede ? devina-t-elle. On s'y attend vu la taille du gars.

— La taille n'a rien à voir, ricana Hawk. La chérie de Markus est plus petite que vous et elle mange autant que Swede, bouchée après bouchée. C'est amusant à regarder. Ça sent incroyablement bon !

Il porta une fourchette de lasagnes à ses lèvres.

Ils papotèrent pendant une minute ou deux tandis que Markus nettoyait, puis il fit un signe de tête à Vanessa.

— Je vais relever Shadow. Hawk reste ici.

Et il sortit dans la nuit.

Elle s'attendait à ce que la porte claque derrière lui. Mais celle-ci se ferma avec à peine un bruit.

— Comment faites-vous pour toujours marcher aussi silencieusement ?

— On apprend. Sinon, c'est trop dangereux pour nous.

Elle étudia son visage, cherchant la vérité. Elle vit qu'il était sérieux. Elle ne s'était jamais demandé à quel point leur entraînement affectait tout ce qu'ils faisaient. Chez ces hommes, il n'y aurait jamais de séparation entre le travail et la vie de famille. Ils étaient toujours sur leurs gardes. Toujours vigilants. Comment le géraient-ils ? Ou alors, c'était peut-être une espèce d'hommes super forts qui pouvaient gérer tous les conflits et les guerres dans le monde sans que ça les touche.

— Ils doivent être affectés par leur entraînement d'une certaine façon, c'est impossible de ne pas l'être, murmura-t-elle dans sa barbe.

— Nous sommes affectés, absolument, fit Hawk. On doit gérer la mort et la destruction, et les motivations politiques qui déchirent ce monde, à notre façon. Ce n'est pas facile mais c'est faisable. C'est pour ça qu'une relation qui nous garde les pieds sur terre est si importante.

Comme elle n'avait pas compris que Hawk avait entendu son commentaire, elle fut surprise par sa réponse. Elle observa son visage marqué.

— Je croyais que les relations dans l'armée étaient compliquées.

— C'est ce que semblent dire les statistiques, acquiesça Hawk.

— Mais pas pour vous ? Ni pour les autres ? dit-elle en indiquant les trois hommes dehors.

Hawk lui adressa un petit sourire en coin.

— Curieusement, l'année dernière, pas mal d'entre nous ont rencontré des partenaires qu'on n'aurait jamais pensé avoir. Avant ça, on croyait que ce n'était pas juste d'avoir une relation vu notre ligne de travail dangereuse.

Il haussa les épaules et se redressa, contemplant sa fourchette toujours pleine posée sur le bord de l'assiette.

— Je pense qu'en vérité, avoir ces personnes spéciales dans notre vie est la raison principale pour nous faire revenir. Ça nous rend plus prudents. On prend moins de risques et comme ça, à la fin de notre travail, on *peut* rentrer chez nous et être avec ceux qu'on aime.

Ça réchauffa le cœur de Vanessa. Elle adorait penser à ces hommes avec des femmes aimantes qui les soutenaient. Elles devaient être fortes et capables de gérer le stress, la peur de perdre leur mec au cours d'une mission. Mais la vie était comme ça. On pouvait perdre n'importe qui à n'importe quel moment – être militaire n'avait rien à voir avec ça.

— Je suis si heureuse pour vous ! dit-elle. Être aimé rend la vie de tout le monde plus précieuse et heureuse.

Il opina, tout en examinant son visage.

— Vous êtes mariée ? Dans une relation heureuse ?

— Je n'ai pas été si chanceuse, dit-elle en secouant la tête.

Elle baissa le regard sur la table et, curieusement, lâcha :

— J'ai été fiancée mais les choses ont rapidement mal tourné et il s'est enfui dans son pays, la Russie.

— Bien, surtout s'il est parti il y a longtemps. Mais pas s'il vous a fait du mal au passage.

Elle leva les yeux. Hawk était un type bien. Il semblait se préoccuper des gens. En fait, tous les hommes que Chase lui avait présentés avaient été super gentils. Elle avait peut-être cherché au mauvais endroit pendant toutes ces années.

— Si, il m'en a fait mais j'ai récupéré. Merci.

— Vraiment ? demanda-t-il avec une plus grande intensité dans le regard. Ce n'est pas que je doute de vous, je sais simplement à quel point ça peut être difficile pour certaines femmes de tourner la page.

Elle baissa à nouveau les yeux sur la table.

— Peut-être que je me leurre, admit-elle, trouvant difficile de le regarder en face. Je ne peux pas dire que je me sois mise à l'épreuve. Je sais qu'après cette intrusion dans mon appartement, je ne veux jamais y retourner.

— Vous y avez vécu avec votre ex ?

— Non, dit-elle en secouant la tête. Je me suis enfuie avec quelques affaires et ne suis jamais revenue.

Il s'apprêtait à répondre, mais la porte s'ouvrit et Shadow entra. Depuis le seuil, son attention semblait tout englober, tout voir, tout savoir. C'était incroyablement déconcertant.

Voilà un homme qui voyait tous les détails, les analysait et les traitait avant que les autres comprennent même que c'étaient des détails.

— Bonsoir, Shadow, dit-elle avec un grand sourire.

Il haussa un sourcil et ferma silencieusement la porte derrière lui. Il traversa la cuisine et s'assit à la table.

— Bonsoir, et merci pour le repas, fit-il d'une voix douce.

— Ce n'est rien, répondit-elle d'une voix tout aussi chaleureuse.

Les deux hommes reportèrent leur attention sur la nourriture et elle resta à les regarder engloutir de façon contrôlée. Elle n'était pas certaine de ce qu'elle devait faire mais pensa que, si elle les laissait tranquilles, ils pourraient se détendre. Elle se leva et alla à la cafetière se verser une tasse.

— Je vais me coucher à l'étage.

Faisant attention de ne rien renverser, elle quitta la pièce.

— Bonne nuit, lancèrent les deux gars.

Ça faisait bizarre de ne pas voir Chase. Elle ne le connaissait que depuis quelques jours et, déjà, il s'était immiscé dans sa vie au point qu'elle se sentait perdue en son absence. Ce n'était pas bon signe.

Elle ne voulait pas de ce sentiment, parce que si elle le perdait, ça allait lui faire terriblement mal.

Son amour pour son ex était mort au premier coup. Elle avait perdu ses rêves, ses espoirs, la préparation de leur vie future ; elle avait été dévastée.

Elle-même avait été perdue pendant un moment. Son avenir vide. Depuis lors, elle était en roue libre.

C'était peut-être le moment de changer tout ça.

Pendant de longs mois, elle avait craint que quelque chose n'allait pas chez elle. Tant de femmes traversaient des épreuves pires qu'elle et réussissaient à s'en sortir ! Avait-elle manqué de temps ? Ou n'avait-elle simplement pas croisé d'autre homme qui lui réchauffe le sang et fasse bondir son cœur ?

Tout ça… eh bien, ça avait certainement changé. Chase avait réveillé son corps et lui avait montré tout ce qu'elle avait raté cette année.

Elle n'était jamais sortie avec des militaires. En se tournant maintenant vers les deux hommes qui mangeaient, elle se rendit compte qu'ils étaient plus que tentants.

— Vous êtes mariés tous les deux ? demanda-t-elle depuis la porte.

Les deux hommes s'arrêtèrent de manger et la regardèrent. Elle surprit Hawk à cacher un sourire. Mais Shadow resta impassible.

— Pas encore. Bientôt, fit-il lentement, d'une voix basse.

Elle reporta son regard sur Hawk et attendit sa réponse.

— Pas encore, mais bientôt j'espère, fit-il d'une voix joyeuse.

Hawk et Shadow échangèrent de grands sourires et elle se rappela une partie de la conversation où Chase lui avait dit que ses amis et leurs copines avaient une relation solide.

— Vous pensez qu'épouser un militaire est sans danger ? demanda-t-elle, consciente qu'ils avaient une idée de la raison pour laquelle elle posait ces questions, mais ils ne la taquinèrent pas ni ne se moquèrent d'elle.

— Oui, fit Hawk en opinant lentement, mais nous savons aussi qu'aucune des journées que nous passons avec ces femmes merveilleuses ne nous aurait été donnée si on n'avait pas ouvert notre cœur à cette possibilité. Et ça vaut la peine.

Quelque chose s'apaisa en son for intérieur. Elle jeta un coup d'œil à Shadow pour voir s'il voulait ajouter quelque chose. Il l'étudiait avec une intensité calme.

— Le chemin qu'on n'a pas pris est celui qu'on regrette le plus. Notre travail dans la vie, c'est de profiter à fond de chaque moment, pas de le remplir de regret.

Surprise, elle opina et s'enfuit dans sa chambre. Mais elle entendait encore ces paroles. Elle avait passé l'année écoulée à se cacher. Avec une bonne raison. Mais se cacher était devenu confortable. S'aventurer à nouveau dans le monde des relations amoureuses était quelque chose qu'elle ne sentait pas prête à faire — mais elle devrait. Shadow avait raison. Elle ne voulait pas vivre sa vie ainsi. Oui, on lui avait fait du mal. Mais elle n'était pas faible. En fait, elle avait suivi des cours d'autodéfense pour s'aider à récupérer, sans autre raison que de reprendre en partie le contrôle dans un domaine de sa vie qui était devenu absolument incontrôlable.

Dans la chambre, elle sortit les affaires qu'elle avait apportées puis se décida à prendre une douche rapide avant de se brosser les dents et de se mettre en pyjama.

En regardant le lit, elle soupira. Elle ne l'avait pas refait après sa sieste et l'empreinte laissée par le corps de Chase était toujours visible.

Elle aurait aimé qu'il soit près d'elle en ce moment. Elle alla à la fenêtre et regarda à travers l'obscurité. C'était une maison magnifique avec un beau jardin tout clôturé et un joli bac à sable dans le coin arrière.

C'était certainement une maison familiale. Elle aimerait avoir quelque chose comme ça plus tard. Peut-être un jour.

Elle éteignit la lumière et se glissa dans le lit.

CHASE ENTRA DANS la cuisine après que Hawk l'eut remplacé dehors. Shadow était en train de finir son assiette.

Aucun signe de Vanessa.

— Vanessa est allée se coucher, expliqua Shadow.

Chase hocha la tête. Il était déçu mais elle avait besoin d'une bonne nuit de sommeil. Il était surpris qu'elle y soit allée seule. Mais peut-être se sentait-elle à l'aise avec tous les gars ici.

Il l'espérait. Il débarrassa la table et se mit à laver la vaisselle.

— Elle est intéressée. Ne perds pas trop de temps avant de te décider.

Chase se figea. Il savait que Shadow n'était pas intéressé par Vanessa, étant follement amoureux de sa belle Arianna.

— Je le suis également, admit-il. Elle est très spéciale. Mais je ne sais pas si c'est la bonne.

— C'est trop tôt pour le dire. Il te faudra suivre ce chemin pour le savoir …

— Ce n'est vraiment pas le moment. Je veux plus mais… fit Chase, détestant la situation dans laquelle il était. Mais je ne veux pas être responsable si elle est blessée. Elle a déjà beaucoup souffert.

— Ne fais pas l'idiot, fit Shadow en se levant. Elle est déjà impliquée. Quoi qu'il en soit, elle doit savoir que ses sentiments sont partagés.

Il se tourna vers la porte et l'ouvrit.

— Profite de cette chance. Je suis sûr d'une chose… c'est qu'elle ne se présente pas très souvent.

CHAPITRE 16

ELLE SE RÉVEILLA en sursaut, la peau moite, le corps glacé. Elle avait rejeté les couvertures pendant son sommeil.

Elle s'assit et parcourut la chambre vide du regard. Cela ne calma en rien les battements de son cœur. Elle se glissa hors du lit et s'avança jusqu'à la fenêtre.

Elle se demanda si les hommes montaient toujours la garde. Bien sûr. Ils étaient comme ça. Elle leur faisait confiance, ils n'étaient pas comme son ex et ne devaient pas être comparés à lui.

Elle se coula jusqu'à la porte et y posa l'oreille. Silence.

C'était difficile d'entendre quelque chose à cause du sang qui battait à ses tempes. Elle ouvrit la porte et scruta le couloir sombre. Aucune lumière en bas. De l'autre côté du couloir se trouvait la chambre de Brett où Chase dormait.

Elle se mordit la lèvre inférieure et se demanda si elle devait s'assurer qu'il était là. Elle se sentirait mieux si elle s'en assurait. Tandis qu'elle était là à se demander quoi faire, elle entendit du bruit dans la chambre de Brett.

Le souffle coupé, elle rentra dans sa chambre et poussa la porte, la laissa entrouverte. Elle se sentit immédiatement idiote. C'était probablement Chase mais son subconscient lui disait : « Et si ce n'était pas lui ? »

La porte de la chambre en face s'ouvrit.

— Vanessa, ça va ? demanda Chase.

Elle laissa échapper un soupir tremblant et ouvrit sa porte en grand.

— Désolée, je t'ai réveillé ?

Mais malgré tous ses efforts, sa voix tremblait.

Chase traversa le couloir et la prit dans ses bras.

— Je suis désolée, dit-elle en se blottissant contre lui. Je me suis réveillée en pensant que quelque chose n'allait pas mais je ne pouvais pas dire quoi. La maison était sombre et silencieuse.

— Tu vois des croque-mitaines dans chaque coin ?

— Réaction instinctive, dit-elle en acquiesçant puis en reculant suffisamment pour le voir.

— Certainement compréhensible, fit-il en lui frottant doucement le dos.

Il leva ensuite les mains pour lui prendre le visage.

— Ça va aller, maintenant ?

Bon sang, non. Mais elle devait garder ça pour elle. Elle opina courageusement.

— Oui.

Elle quitta les bras de Chase et rentra dans sa chambre. Au moment de fermer sa porte, elle le vit sur le seuil, bras croisés sur la poitrine.

— Vous pouvez dormir la lumière allumée ?

— Non, dit-elle en secouant la tête. D'une façon stupide, c'est comme céder à la faiblesse.

— Être fort, c'est une chose. Être idiot, c'en est une autre, fit-il gentiment. Si une lumière allumée vous permet de bien dormir, ça vaut le coup.

— Peut-être. Je verrai, acquiesça-t-elle en souriant plus franchement que jusqu'alors. Maintenant que je sais que vous êtes là, ça va aller.

Il se tint indécis sur le seuil. Elle alluma et régla la lumière au plus bas.

— Ça ira. Merci.

Elle attendit que Chase ressorte. Elle écouta ses pas tandis qu'il traversait le couloir mais elle n'entendit pas sa porte se fermer. Il l'avait peut-être laissée ouverte au cas où elle aurait besoin de lui. C'était ce genre d'homme.

Déterminée à ne pas faire l'idiote à nouveau ce soir-là, elle ferma les yeux, prête à s'endormir.

Sa dernière pensée tandis qu'elle se rendormait fut *pourquoi s'était-elle réveillée en premier lieu ?*

CHASE PASSA RAPIDEMENT la maison en revue pour sa propre tranquillité d'esprit. Il savait que les hommes montaient toujours la garde. Il regarda l'heure et se rendit compte qu'il avait dormi seulement deux heures. Il ignorait ce qui avait réveillé Vanessa mais, vu ses antécédents, ça pouvait être n'importe quoi. Une fois revenu dans la chambre du haut, il s'arrêta près de sa porte et écouta. Sa lumière était toujours allumée. Ça aidait peut-être.

C'était bien qu'elle dorme. Lui, par contre, était tout à fait réveillé. Il prit son ordi portable, s'installa confortablement sur le lit et se mit au travail. Il ne pouvait s'empêcher de penser qu'il avait manqué un truc. Même s'il n'y avait rien à découvrir. Il avait relu plusieurs fois les documents. Il allait le faire encore une fois, au cas où.

Le procureur savait exactement où était Gregory. Et il y avait maintenant six membres du gang sous les verrous. Il fallait attendre que le procès de Gregory soit passé pour qu'il tourne la page. Même là, il n'était pas sûr que le gang le lâcherait. Cette pensée le fit froncer les sourcils et il se demanda ce qui arriverait si on enlevait le procureur de l'équation.

Puis il secoua la tête. Le procureur gérait tellement de dossiers, dont certains étaient bien plus dangereux que celui-là ! Sûrement ? Hawk, dehors, lui envoya un texto. « Dors. »

— J'aimerais bien, dit-il à la chambre vide.

Il répondit : « Vanessa s'est réveillée à cause d'un cauchemar, et maintenant c'est moi qui ne peux pas me rendormir. »

« Il y a une réponse parfaite à ça. »

« Elle n'est pas prête. »

« Si, elle l'est. Elle est en train d'arpenter sa chambre. »

« Elle devrait dormir. »

« Elle ne dort pas. »

Putain. Chase se leva, alla jusqu'à la chambre de Vanessa et frappa. Elle ouvrit la porte presque immédiatement.

— Tu veux que je dorme à côté de toi ?

Il vit les émotions se livrer bataille sur son visage. Le besoin de dire oui et celui, simultané, d'être indépendante. Il tendit la main pour lui frotter gentiment l'épaule.

— Il y a des moments où il faut être fort. Et d'autres où ce n'est pas la peine.

Le soulagement se lut sur son visage et elle dit d'une petite voix :

— Oui, s'il te plaît.

Il la fit rentrer doucement dans la chambre et ferma la porte derrière lui. Elle se glissa dans le lit et il s'installa de l'autre côté.

— Éteinss, fit-il d'une voix rauque.

La pièce fut presque instantanément plongée dans le noir. Il s'enfonça dans le lit, entoura Vanessa de ses bras, la tira vers lui.

— Maintenant, dors, murmura-t-il.

— Si seulement c'était si facile, marmonna-t-elle.

Il comprenait. Lui aussi, pas mal de souvenirs le rongeaient.

— Tu ne peux rien faire d'autre que te reposer pour le moment. Tout ira mieux demain matin.

— Merci, murmura-t-elle en fermant les yeux.

Il lui déposa un baiser sur le haut de la tête.

— Vous êtes des gens bien, dit-elle d'une voix endormie, avec des mots plus lents, doux.

Il l'étreignit gentiment.

— Toi aussi.

<h1 style="text-align:center">CHAPITRE 17</h1>

QUAND ELLE SE réveilla pour la seconde fois, elle eut une sensation de paix et de plénitude, avec des bras aimants autour d'elle. Pas de réveil en sursaut. Aucune inquiétude à propos de celui qui la tenait. Aucune peur que ce soit son ex. Elle sut instinctivement que c'était Chase.

N'était-ce pas super ? C'était un gentleman même quand il partageait son lit. Elle en avait plus de la moitié pour elle mais elle s'étalait sur lui.

Elle avait envie de sourire.

Elle avait envie de rire. Elle avait simplement envie de laisser éclater son sentiment de liberté.

Elle savait aussi qu'elle n'oserait pas forcer ce qu'elle avait avec Chase.

Ça ne serait jamais arrivé sans le danger mais, en même temps, *c'était* arrivé. Et elle ne voulait pas perdre ce délicat prélude à une belle relation. Elle ignorait simplement ce que lui ressentait.

Mais il y avait une excellente bonne façon de le découvrir. Bien installée dans sa position, tête sur son torse et serrée dans ses bras, elle se rendit compte qu'il devait être le matin de bonne heure. La chambre était éclairée et elle entendait les oiseaux au-dehors, mais il ne faisait pas grand jour. Ils avaient donc dormi quelques heures. Elle se mordit la lèvre inférieure et se demanda si elle n'exagérait pas ce qui se passait.

C'était un gars bien et elle ne voulait pas être rejetée. Cette humiliation-là serait de trop. Elle ne voulait pas non plus le mettre dans une position où son corps à lui supplanterait son cerveau. Elle voulait qu'il commence une relation les yeux bien ouverts, pas simplement parce que son corps décidait sans rien lui demander.

Elle étira les bras sur le torse de Chase et sur son ventre d'un léger mouvement, comme si elle dormait. Et sentit sous ses doigts les abdos se contracter.

Il était peut-être réveillé.

Elle prit appui sur un coude et baissa le regard sur lui. Il ouvrit brusquement ses yeux bleu ciel et lui sourit.

— Bonjour, fit-il d'une voix cotonneuse.

Une voix qui lui retourna le ventre et s'enfonça plus loin. Elle lui sourit.

— Bonjour, et merci pour cette bonne nuit de sommeil.

— Vraiment de rien, répondit-il en l'attirant plus près de lui.

— Pourquoi tant de cérémonie alors qu'on vient de passer la nuit ensemble ? le taquina-t-elle. En tout cas, c'est un peu plus formel que ce dont j'ai l'habitude.

— Habituellement, *mes* nuits partagées voient un petit peu plus d'action que le simple sommeil, fit-il avec un petit sourire.

— Je l'aurais parié, dit-elle en souriant elle aussi. Les miennes aussi.

Elle fit une pause et baissa les yeux sur lui.

— Naturellement, c'est quand je suis avec un homme que j'intéresse.

— Oh, je suis vraiment intéressé, fit-il, les yeux écarquillés. Mais quiconque s'approche de moi ces temps-ci pourrait se retrouver en sérieux danger.

— Tu oublies, dit-elle en plaçant un doigt sur ses lèvres, que je suis déjà en danger parce que je suis avec toi.

— Et je ne veux pas qu'il t'arrive quoi que ce soit.

— C'est un sentiment que je partage. Je ne veux voir *personne* blessé.

Silence.

Elle étudia son visage tandis qu'il réfléchissait à ses paroles.

Puis il se lança.

— Alors, est-ce que ça veut dire que si tu me plais et que je te plais, la nuit prochaine verra un peu plus d'action ?

Le pétillement de ses yeux couvrait le fait que la température montait en dépit de ses taquineries. Il était sérieux.

Elle ricana et s'assit à moitié.

— Quelle rapidité à rejeter cette parfaite occasion-là !

Il y eut un moment de surprise tandis qu'il pensait à ce qu'elle voulait dire, puis la chambre tournoya tandis qu'il la mettait sur le dos et la coinçait contre le doux matelas. Elle lâcha un petit cri de surprise, puis rit.

— Encore une fois, tu démontres ta grâce et ton expérience dans ce domaine.

Il secoua la tête et parla sérieusement.

— Pas dans ce domaine. En manœuvres défensives, oui. Mais au début de ce qui pourrait être une merveilleuse relation, je suis très maladroit. Je suis sûr de gaffer.

Puis il baissa la tête.

— On pourrait peut-être tâter le terrain, voir quelles sortes d'étincelles il contient.

— Un vrai baiser, murmura-t-elle. Et pas un de tes petits bisous sur ma tempe ou mon front.

— Ça t'a dérangée ? demanda-t-il, d'une voix de plus en

plus profonde et rauque.

Son haleine chaude baignait le visage de Vanessa.

Elle secoua la tête.

— Ça ne suffisait pas, je désirais tellement plus.

Il frôla ses lèvres des siennes. Une fois. Deux fois. Puis il les posa doucement sur la bouche de Vanessa comme s'il cherchait une réponse. Il hésita. Comme s'il n'était pas sûr qu'elle veuille prendre ce chemin-là.

Elle glissa les bras sur son torse pour les passer autour de son cou et l'attira à elle brusquement.

Puis elle l'embrassa.

Elle laissa exploser le désir qui mijotait depuis des jours. C'était un nouveau sentiment pour elle, et elle souhaitait éperdument l'explorer, expérimenter ce que ce serait de l'aimer. Il était presque trop précautionneux, comme s'il craignait de lui faire mal, et elle comprit qu'il pensait aux coups qu'elle avait reçus.

— Je ne vais pas m'effondrer, lui murmura-t-elle quand elle le relâcha.

Il examina son visage intensément pour voir si elle disait la vérité. Puis il sourit et fit glisser ses doigts dans ses cheveux pour lui tenir la tête en place.

— Bien, murmura-t-il.

Quand il baissa la tête pour l'embrasser, il n'y eut aucune retenue. C'était un homme qui savait ce qu'il voulait. Et il n'avait pas peur de tendre la main et de s'en emparer.

Il voulait faire confiance aux étincelles qui fusaient entre eux pour les emmener là où ils voulaient aller.

Elle savoura le poids de son corps chaud, la chaleur de sa passion et la tempête qui se levait en elle. Cet homme ne lui ferait jamais de mal. Il avait trop d'honneur pour ça.

La promesse contenue dans la puissance de ce baiser la fit

se relâcher dans l'instant.

Elle cambra son corps contre le sien et caressa du bout des doigts son dos et ses épaules, ses bras puissants et ses cheveux épais. Elle glissa les mains jusqu'à ses joues avant de les faire passer dans les mèches épaisses et sur son cuir chevelu.

Voilà ce qu'elle voulait. Et elle ne le savait même pas jusqu'à maintenant.

Ça allait faire presque un an, et son corps se réveillait au bonheur qui l'attendait. Chase approfondit le baiser et leurs langues se mêlèrent dans un doux duel vieux comme le monde.

Quand il leva la tête, elle gémit doucement. Elle l'entendit retenir son souffle.

Il se pencha et déposa de minuscules baisers le long de ses lèvres enflées.

— Je ne voulais pas te faire de mal, murmura-t-il, plein de regret.

— Tu ne m'as pas fait mal, gloussa-t-elle. Ça fait un moment pour moi, c'est tout. Mais si tu t'arrêtes, je pourrais bien te faire mal.

Il lâcha un petit rire.

— Dans ce cas…

Il baissa la tête et se remit à l'embrasser. Encore et encore.

Autant il était efficace et puissant dans la vie, autant il était doux et prévenant au lit. Et elle adorait ça.

Elle laissa son corps savourer le sentiment d'être touchée, caressée, aimée. Elle fut inondée des paroles passionnées, de mots d'amour, de compliments, l'emmenant à un tout nouveau niveau. À un moment dans ce périple, ses vêtements disparurent et, s'il en avait porté, les siens aussi.

— Tu es si belle ! lui murmura-t-il à l'oreille.

Il caressa son sein rond et, de son pouce, frotta douce-ment le mamelon. Elle ne se rappelait pas que c'était aussi sensible avant. Quand il baissa la tête pour prendre le téton dans sa bouche et le sucer fort, elle trembla tandis que des vagues de sensations faisaient onduler tout son corps.

— Oh, mon Dieu, murmura-t-elle. C'est merveilleux.

Il fit pareil avec l'autre sein. Il la chevaucha et baissa les mains pour lui envelopper les seins. Puis il les fit descendre en un merveilleux mouvement. Et il recommença.

Elle se cambra et se tordit tandis que la passion la faisait frissonner, les mains sur ses avant-bras quand il glissa vers ses jambes, les arrangeant pour les poser sur ses cuisses à lui.

Elle lâcha une expression de surprise quand il glissa des doigts dans les boucles humides en haut de ses cuisses, la laissant totalement ouverte. Totalement exposée. Et pour-tant, elle ne se sentait pas vulnérable.

Quand il glissa deux doigts profondément en elle, elle cria.

— Chase, s'il te plaît…

— S'il te plaît, quoi ? la taquina-t-il. Ça ?

De son pouce, il frotta doucement son clitoris avec ses doigts humectés. Elle poussa un cri tandis que la tension se faisait plus pressante à l'intérieur.

À la caresse suivante, elle explosa, se cambra, lâchant un doux gémissement avant de retomber sur le lit. Alors qu'elle tremblait sous l'effet de l'orgasme, elle se rendit compte qu'il n'avait pas fini. Ses doigts étaient à nouveau occupés.

Elle tenta de lui prendre la main pour le tirer vers elle, mais il résista.

— Chase, je te veux avec moi, murmura-t-elle. Je te veux en moi.

Elle s'assit, entoura le cou de Chase de son bras et l'attira vers elle.

— S'il te plaît.

Il prit ses lèvres dans un baiser profond et glissa totalement en elle.

Même si elle était prête, cette invasion fut un choc, car son corps avait oublié la sensation d'être totalement rempli. Cette sensation de possession. De ne faire qu'un avec quelqu'un. Pas dans le sens de possession, mais d'appartenance.

Ce moment fut tellement spécial que des larmes perlèrent à ses yeux.

— Je t'ai fait mal ? demanda Chase, qui s'était figé.

— Jamais, murmura-t-elle. C'est si... extraordinairement beau.

L'inquiétude dans les yeux de Chase fit place au désir. Il se pencha, l'embrassa et lui caressa la tête des deux mains. La tenant près de lui, il la serra et se mit à bouger. Elle s'accrocha à ses hanches et se laissa emporter dans la chevauchée.

Rien ne fut précautionneux. Rien ne fut doux. Chase les faisait avancer. Pas de quartier. Elle avait eu droit à un doux prélude à l'amour mais maintenant, il allait s'assurer que ce serait inoubliable. Quand elle gémit pour la seconde fois, il glissa la main sous le flanc de Vanessa pour ajuster sa position, fit passer sa jambe par-dessus ses hanches à lui et s'enfonça une dernière fois, frottant ses hanches contre les siennes tandis que son orgasme explosait.

Le souffle court, il retomba lentement en s'assurant qu'elle ne supportait pas tout son poids.

— Tu sais, ce n'est pas une mauvaise façon de se réveiller, dit-elle, et elle l'embrassa en souriant avant de se blottir contre lui.

— Si c'était mieux, ça nous tuerait, fit-il en riant.

Puis il la serra fort contre son cœur.

Y AVAIT-IL UN sentiment meilleur que celui-là ? Chase bougea légèrement dans le lit, simplement heureux de la tenir dans ses bras même s'il ne trouvait pas que c'était le bon moment. Elle était spéciale. Laissant son cœur se calmer, il ferma lentement les paupières et savoura la beauté du moment. Il adorait la tenir dans ses bras. Il n'était même pas sûr de la façon dont ils s'étaient retrouvés si vite dans cette situation. Mais à cheval donné, on ne regarde pas les dents.

C'était trop… Spécial… unique… différent.

Il ne pouvait pas analyser la situation à cet instant. Il voulait simplement la savourer.

Elle murmura dans son sommeil, agitant sans arrêt les jambes. Il se pencha et l'embrassa sur le front.

— Dors, ma belle, dors.

Elle poussa un profond soupir et replongea dans le sommeil.

Il était heureux de pouvoir faire cela pour elle. Qu'elle ait appris à lui faire confiance à un tel point était réconfortant. Même si son corps était épuisé, son esprit ne lâchait rien. Il s'inquiétait pour elle. Il devait y avoir quelque chose à faire pour assurer sa sécurité. Il aurait aimé pouvoir l'envoyer chez des amis ou de la famille jusqu'à ce que cette histoire soit résolue. Sauf qu'apparemment, elle n'avait personne. Encore une chose qu'ils avaient en commun. Mais lui avait des amis. Il ne l'avait pas entendu mentionner de copines.

Être réfugiée n'avait pas dû être facile mais elle avait survécu et, en fait, était devenue plus forte. Même si elle avait eu une mauvaise expérience avec des filles. D'où le manque actuel de copines. Peut-être était-ce dû à l'attitude distante qu'il avait ressentie en elle. Ce goût de solitude. Comme si elle n'avait jamais vraiment été intégrée.

Au moins, cet enfoiré était parti. Si jamais il revenait, il verrait que Vanessa n'était plus seule. Il sentit ses muscles se contracter sous l'envie de frapper quelque chose à l'idée de ce type tabassant Vanessa et abîmant cette douce peau soyeuse.

Que cette peau splendide arbore toutes les couleurs de l'arc-en-ciel lui faisait de la peine. Lui-même était grand et fort, mais il n'envisagerait jamais d'attaquer une personne innocente, jeune ou vulnérable. Il ne considérait pas vraiment les femmes comme le sexe faible. Il en connaissait beaucoup qui savaient se battre. Même si bien des femmes pouvaient se mesurer à la force d'un homme, il y aurait toujours des hommes à qui aucune femme ne tiendrait tête. Certains hommes étaient d'une cruauté dure à vaincre. Et ça allait de pair avec le fait que, parfois, la vie n'était pas juste.

Vanessa bougea, se tournant dans ses bras, rejetant les couvertures du pied comme si elle avait trop chaud. Il sourit. Sa copine était une magnifique exhibitionniste. L'ombre qui passait au-dessus de sa silhouette menue lui ajoutait un air mystérieux. Il n'avait fait qu'effleurer la surface de qui elle était. Il était impatient d'en apprendre plus. Un merveilleux voyage de découvertes les attendait.

Il avait beau souhaiter dormir et se reposer pour s'éloigner de la folie de son monde, son corps avait d'autres idées. Mais elle aussi avait besoin de dormir. C'est pourquoi il se leva et alla jusqu'à la fenêtre, où il regarda l'aube se lever, obligeant son corps à se calmer. Il savait que ses amis le verraient immédiatement. Cela ne le dérangea pas car aucun d'eux ne traiterait Vanessa avec moins de respect le matin venu. Ils feraient preuve d'honneur.

Hawk poussa un cri dans la faible lueur. C'était son signal pour dire « tout va bien ».

Bien. Peut-être qu'il pourrait dormir après tout. Il se glissa à nouveau sous les draps, tirant doucement la couverture de dessus sur leurs corps, et ferma les yeux.

Cette fois-ci, il dormit.

CHAPITRE 18

V ANESSA S'ÉVEILLA TÔT, le cœur rempli de bonheur. Son corps vibrait de joie et son mental n'était pas trop mal non plus. Elle s'assit et, regardant le lit défait à côté d'elle, se rendit compte qu'elle était seule. Avec un peu de chance, Chase avait pu dormir quelques heures. Elle sauta hors du lit pour aller prendre une douche. Tout en peignant encore ses boucles, elle entra dans la chambre enveloppée d'une serviette et vit que Chase l'attendait.

Elle sentit son cœur battre à fleur de peau, et ça n'avait rien à voir avec la douche chaude qu'elle venait de prendre.

— Bonjour, dit-elle timidement.

Au lieu de lui répondre, il franchit la distance entre eux, prit son visage entre ses mains et l'embrassa très doucement.

— Bonjour, murmura-t-il en reculant pour étudier son visage d'un œil critique. Tu as l'air bien plus en forme avec du repos.

— Tu appelles ça comme ça ? dit-elle en riant.

Il afficha ce sourire en coin sexy, ce qui fit bondir de joie et battre son cœur.

— Si c'est l'effet que ça te fait de faire l'amour, déclara-t-il avec une étincelle dans le regard, on doit s'assurer que tu le fasses toutes les nuits.

En riant, elle avança d'un pas, encouragée par leur badinage, et se hissa pour lui planter un baiser sur les lèvres. Tout en reculant, elle murmura :

— Le jour ne convient pas ?

Elle lui lança un sourire coquin et se dirigea vers ses vêtements.

— Qu'est-ce qu'on fait aujourd'hui ?

— Rien. C'est une journée de repos ici. Enfin, une fois qu'on aura passé quelques coups de fil, corrigea-t-il. Après tout, aujourd'hui, c'est lundi.

— En effet, grimaça-t-elle. Je dois appeler mon patron, dit-elle en secouant la tête.

Elle détestait faire ça. Son travail lui conférait des responsabilités. Les gens avaient besoin d'elle.

— J'ai parlé au commandant, il a appelé ton supérieur. Aucun des deux ne veut mettre plus de gens en danger. Alors c'est un congé sans solde, ajouta-t-il après avoir inspiré profondément.

Elle grimaça en entendant ces mots puis lui jeta un regard noir.

— Je ne sais pas dans ton univers mais dans le mien, je travaille parce que je dois payer mes factures.

— Je suis vraiment désolé, opina-t-il, compréhensif. On fera tout ce qu'on pourra pour régler cette question dès que possible.

Elle secoua la tête, mains sur les hanches, sans se départir de son regard noir.

— Peu importe comment vous réglerez le problème, je ne serai pas en sûreté avant la fin du procès et ça pourrait prendre des semaines.

Il secoua la tête à son tour.

— Dans le pire des cas, oui, c'est vrai. Je suis vraiment navré. Mais avec un peu de chance, ça ne sera pas trop long.

Tandis que la frustration lui soufflait de ne pas parler, et en même temps lui donnait envie de maudire les circonstances, elle comprit que l'attention de Chase s'était portée ailleurs. Elle suivit son regard et baissa les yeux. Bouche bée, elle vit que sa serviette était tombée pendant qu'elle se changeait. Elle se baissa et la ramassa pour l'enrouler autour de son corps. Ses joues rougirent de gêne.

— Pour voir le bon côté des choses, fit-il malicieusement, on passera presque toute la semaine ensemble.

Sur ce, il tourna les talons et se dirigea vers la porte.

— J'aimerais beaucoup rester ici avec toi en ce moment même, mais j'ai les gars en bas dans la cuisine. Ils n'ont pas de congé pour gérer la situation alors on est en train d'établir des horaires.

Et il disparut en bas.

Elle ferma la porte derrière lui. Elle retourna à la commode et à sa valise et sortit des vêtements ; elle choisit ceux du jour et rangea le reste dans la commode vide. Tout en s'habillant, elle réfléchit au problème.

Ses amis à lui ne pouvaient naturellement pas rester et veiller sur eux. C'était tous des militaires et ils avaient un travail. Chase avait pris un congé personnel jusqu'au procès. Elle finit rapidement de s'habiller, saisit une barrette et attacha ses cheveux en arrière. Elle se regarda une dernière fois dans la glace, tourna les talons et descendit. Dans la cuisine, elle se rendit compte qu'il y avait plus de monde qu'avant. Cinq hommes entouraient Chase à la table. La cafetière finissait de couler. Elle se dirigea directement vers elle et prit la première tasse avant même qu'elle ne soit pleine.

— Hé, c'est pas juste, s'écria Hawk, elle vole le café !

Il sauta de sa chaise et tendit sa tasse pour qu'elle la remplisse. La cafetière fut rapidement vide et Chase regarda avec consternation sa propre tasse vide.

— Je vais en préparer une autre, dit-elle en riant.

Elle se mit à l'œuvre tout en étudiant le jardin à travers la fenêtre de la cuisine. Elle fut à nouveau frappée par la beauté de cet endroit, si parfait pour une famille. Brett avait dû préparer le futur. Chase vivait dans un appartement, comme elle. La vie de célibataire. Incertain de l'avenir. Incertain du passé. Sans racine. Ici pour le moment mais peut-être parti le lendemain. Son passé à elle entrant en jeu.

Elle s'assit à table près de Chase.

— Si on n'a rien à faire cette semaine, dit-elle doucement, je pourrais peut-être chercher un nouveau logement.

Shadow était assis de l'autre côté. Il tenait un journal devant lui. Il sortit la section des petites annonces et la lui tendit.

— Pas la peine d'attendre demain, fit-il à sa manière calme.

Elle épluit la liste des logements en location disponibles et se dit que c'était très différent de la dernière fois. Quand elle avait signé son bail actuel, il y avait une sorte de désespoir. Tandis que maintenant, quand elle fixait l'avenir qui l'attendait, elle sentait une touche d'euphorie.

Puis elle comprit cette vérité fondamentale. Ça allait être amusant.

Elle tourna la page avec impatience. Alors que les autres discutaient horaires et échéances, elle chercha un studio puis un deux-pièces, parce que ce serait bien, non, d'avoir une pièce de plus, peut-être un bureau ? Pour le yoga. Peut-être quand elle recevrait des amis. Si jamais elle en avait qui restent. Ce qu'elle voulait vraiment, c'était aller au travail à pied. Était-ce possible ?

Elle prit un stylo sur la table et encercla plusieurs annonces. Puis elle continua à chercher parmi celles qui étaient dans son budget et dans les quartiers qu'elle voulait. Elle en avait marqué trop à vérifier, mais au moins ça l'aidait à décider ce qu'elle voulait vraiment.

CHASE ESSAYAIT DE rester concentré sur la conversation qui se menait autour de lui. Ses amis réarrangeaient leurs horaires afin qu'il y ait toujours quelqu'un pour veiller sur eux deux. Il appréciait vraiment et en même temps, Vanessa avait un tel air de petite fille turbulente qu'il était fasciné. Il ne comprenait pas. Les autres se turent enfin et ils se tournèrent tous vers Vanessa qui encerclait encore une autre annonce.

— Combien d'appartements prévoyez-vous de visiter ? demanda Markus, curieux.

— Je n'en ai aucune idée, dit Vanessa en levant la tête avec un sourire. Je n'en ai jamais visité qu'un de toute ma vie et c'est celui où je vis. Maintenant, j'ai le choix. Je peux peut-être avoir quelque chose que j'aime vraiment. Et c'est… excitant.

Elle leva très haut les épaules, tout sourire, le visage illuminé.

— Je sais que je devrais être triste. Terrifiée de ce qui s'est passé dans mon appartement. Mais je me sens bien. J'ai l'impression que je fais un pas dans une toute nouvelle direction. Et que c'est la bonne.

Chase couvrit sa main de la sienne.

— Et tu as raison de te sentir comme ça. C'est une bonne façon d'envisager la situation. Tous ces problèmes vont bientôt disparaître et tu prendras un tout nouveau départ.

Tout en opinant, elle lui jeta un regard rapide.

— Et toi ? Qu'est-ce que tu vas faire pour prendre un nouveau départ ?

— Apparemment, je vais témoigner dans un procès, fit-il sèchement. Et si ça, ce n'est pas laisser mon passé derrière moi, je ne sais pas ce qui le fera.

— Oh, souffla-t-elle. Je suis désolée. Tu as raison, c'est un bien plus grand pas que le mien.

— Peu importe la taille du pas, le principal est de le faire, fit-il d'un ton plus sombre qu'elle aurait aimé.

— Tu vas y arriver, dit-elle, glissant ses doigts dans les siens pour les serrer doucement.

CHAPITRE 19

DEUX HEURES PLUS tard, ils avaient la maison pour eux seuls. Enfin, ils n'étaient pas vraiment seuls. Il y avait un garde dehors. Elle fit un signe d'au revoir aux autres avant de rentrer. Chase l'attendait, appuyé contre la table.

— Qu'est-ce qu'on fait maintenant ?

— Je dois rencontrer le procureur à son bureau. Tu veux venir avec moi ?

— Est-ce qu'on peut faire un détour et voir comment va Amrit ?

Elle ne pouvait s'empêcher de s'inquiéter à propos du garçon.

Il considéra les possibilités et acquiesça.

— Il vaut mieux ne pas les rencontrer à l'appartement. On pourra peut-être les emmener manger une glace après.

Le visage de Vanessa s'éclaira.

— Parfait. Je suppose que ma tenue devra suffire, dit-elle en voyant son jean et sa chemise. Je n'ai pas emporté tellement d'affaires de mon appartement.

— On peut y passer aussi si tu veux prendre d'autres choses. Mais… fit-il en fronçant les sourcils. C'est difficile de savoir si ton appartement est surveillé ou pas. Le gang devrait commencer à manquer d'hommes. Mais je préfère ne pas courir le risque. On ira faire les magasins plutôt, si ça te convient.

Il regarda sa montre et poursuivit :

— Si on part maintenant, on peut voir Amrit avant ou après le déjeuner. Ça dépend de la durée de la réunion avec le procureur.

La réunion au bureau du procureur fut bien plus longue que prévu. L'opulent ameublement en acajou massif ajoutait à l'élégance et faisait d'autant plus ressortir la gravité du problème.

Elle resta assise en silence tandis que Chase et le procureur passaient en revue tous les points épineux. Elle était heureuse de ne pas avoir à témoigner. Ce serait un immense soulagement pour Chase quand tout serait fini. Mais d'abord, ils devaient s'assurer que Gregory irait en prison et y reste.

Ils terminèrent enfin. Chase se leva et lui tendit la main.

— On va se faire discrets jusqu'au jour du procès.

— Il commence vendredi, déclara le procureur.

Elle fut surprise. Pour une raison quelconque, elle pensait que le procès commencerait un lundi.

— Il ne se passe pas grand-chose au début, fit le procureur. On vous appellera probablement mercredi ou jeudi si tout se passe bien. Sinon, ce sera pour la semaine d'après.

La semaine d'après. Putain, ça voulait dire qu'elle ne travaillerait peut-être pas pendant des semaines.

— J'aimerais qu'on m'appelle le plus tôt possible, fit Chase. On doit retourner travailler dès que possible.

— On verra comment ça se passe, opina le procureur d'une voix neutre.

— Qu'est-ce qui arrive au procès si quelqu'un s'en prend à vous ? demanda Vanessa à voix basse.

— On réassignera le procès à un autre procureur et il sera reporté, fit le procureur en souriant. Je fais ça tout le temps. Aucun des nombreux criminels qui m'ont menacé ne m'a jamais arrêté.

— Pas encore, dit-elle. Faites attention à vous, s'il vous plaît.

— On doit tous être prudents, répondit le procureur. J'avais prévu de vous parler à tous les deux de sécurité, mais j'ai eu votre commandant ce matin qui m'a dit qu'il s'en était occupé. Je me suis dit qu'il le ferait mieux que quiconque.

Vanessa fut surprise à ces mots, mais pas tant que ça, finalement. Alors qu'ils se dirigeaient vers la porte d'entrée du bâtiment, elle posa la question à Chase :

— Tu étais au courant pour le commandant ?

— Non, mais ça ne surprend pas. La loi doit assurer la sécurité des témoins jusqu'au procès. Vu les gens avec qui je travaille, je suis le plus en sécurité avec eux.

— C'est maintenant officiellement une affaire de la marine ? le taquina-t-elle.

Il éclata de rire.

— Apparemment, oui, pour mon unité. Mais pas pour moi.

Plusieurs hommes se tenaient à la porte d'entrée et discutaient. Vanessa en vit deux qui se séparèrent du groupe et se dirigèrent vers eux. Elle serra la main de Chase.

— On dirait que les gardes sont ici.

— Super, murmura-t-il.

Elle entendit un changement dans sa voix. Il n'avait pas vraiment besoin d'être protégé. Il voulait être celui qui protégeait. Par contre, elle, elle appréciait les bras en plus. Elle accepterait toute la protection qu'on lui offrirait.

Ils sortirent et se dirigèrent vers un grand SUV blanc.

— Hé les gars, où l'avez-vous dégoté ? s'exclama-t-elle en s'installant à l'arrière.

Chase et Hawk la coincèrent au milieu de ce gros véhicule confortable.

— On rentre chez Brett ?

— On a d'autres tâches, déclara Chase.

— Et sur cette liste se trouve une glace avec Amrit, je crois, fit Swede, au volant.

— J'apprécie vraiment que vous veilliez sur Chase, les gars. Les membres de ce gang ne veulent pas qu'il aille au procès.

— Ça ira, ricana Chase.

— Ça va déjà maintenant, déclara Hawk. C'est officiel. C'est toi notre mission cette semaine, fit-il avec un tel sourire qu'il n'y avait rien d'offensant.

— Et tu devrais l'apprécier, le gronda Vanessa. Ces hommes font tout pour te garder en vie.

— Ils vont tout faire pour *te* garder en vie, répliqua Chase. Je peux me débrouiller tout seul.

Une certaine irritation perçait dans sa voix. Elle sourit et lui tapota la main.

— C'est bon. Tu peux aussi accepter qu'on t'aide de temps en temps.

Il lui jeta un regard noir. Elle sourit de façon encore plus éclatante. Il entendit les ricanements des autres gars, gémit et se laissa retomber contre le dossier, la serrant contre lui.

— Tu veilles sur moi, ils veillent sur toi, dit-elle, et à nous tous, ça devrait aller.

Même si l'heure était à la plaisanterie dans le SUV, la situation était sérieuse et ils le savaient. C'était ce qu'ils faisaient, mais ça ne voulait pas dire qu'ils réussissaient à chaque fois.

— On va où d'abord ? demanda Hawk.

— Acheter des vêtements pour Vanessa, répondit Chase.

Si vous êtes déterminés à veiller sur nous, les gars, alors on va vous traîner pendant son shopping.

Swede grogna.

Vanessa regarda derrière et vit un deuxième SUV un peu plus loin. Elle donna un coup de coude à Chase.

— C'est un des nôtres ?

Il se retourna pour regarder et sourit.

— Ouais. C'est Markus qui conduit le second véhicule.

— Qu'est-il arrivé à tous ces luxueux camions et ces belles Jeeps que vous conduisez normalement ?

— Il n'y en a aucun de luxueux, répliqua Hawk, outré. Ce sont les nécessités de la vie.

— Alors pourquoi conduisez-vous cet engin ? demanda-t-elle en riant.

— Parce que maintenant que c'est officiel, on évite d'utiliser nos véhicules personnels, expliqua-t-il tristement.

— Je préfère la Jeep, dit-elle, toujours hilare.

Et voilà le groupe qui se querellait concernant les mérites des camions par rapport à la Jeep. Ainsi, l'atmosphère resta légère et bien plus facile à gérer que la peur qui l'étouffait, elle. Chase la serra brièvement dans ses bras.

— Ça va aller. Reste positive.

— Tu as vraiment de bons amis, Chase, tu as beaucoup de chance, dit-elle doucement.

— Il a beaucoup de chance. Continuez à le lui dire. Peut-être qu'il finira par nous apprécier, fit Swede en riant. Naturellement, s'il vous a, il est *très* chanceux.

— Vous aussi, les gars, dit-elle en souriant largement dans le rétroviseur.

— On sera gentils avec vous. Mais pas avec lui. Ça va à contre-courant.

C'est Hawk qui avait dit ça, de l'autre côté de Vanessa.

— On ne peut pas être trop gentils. Ça pourrirait Chase.

— Putain ! s'exclama Swede en appuyant sur l'accélérateur.

Quelque chose percuta soudain l'arrière du véhicule.

Celui-ci se souleva et se renversa sur un côté. Vanessa lâcha un cri. Tout autour d'elle, ce n'était que sinistre silence entrecoupé de jurons. Du verre éclata, des freins crissèrent.

Elle se heurta durement la tête et s'évanouit.

CHASE TENDIT LA main pour attraper Vanessa mais elle se cogna la tête contre une valise posée sur la place arrière. Il défit rapidement la ceinture de la jeune femme et vérifia ses signes vitaux. Son pouls était lent et régulier.

Il entendit des armes cliqueter et des portes s'ouvrir à coups de pied. Son équipe s'avança rapidement pour protéger ceux qui étaient encore à l'intérieur. Il ignorait ce qui venait d'arriver mais il semblait qu'ils avaient été percutés et propulsés en avant, puis étaient passés sur quelque chose, ce qui avait renversé le gros SUV sur le côté.

D'où il était, il ne voyait personne approcher mais ça ne voulait pas dire qu'ils n'avaient pas de fusil de précision. Le pare-brise arrière avait vilainement craqué avec l'accident. Chase porta doucement Vanessa là où ses hommes atten-daient. Il entendit le second SUV foncer pour porter secours. Le véhicule se mit sur le côté et Chase déposa Vanessa à l'arrière. Puis il sauta à côté d'elle sur la banquette. Markus conduisait l'engin et Cooper était à la place du mort. Evan était aussi assis derrière et empêcha Vanessa de rouler. Swede claqua la portière puis tapa sur le côté du SUV en criant :

— Allez, allez, allez.

Et Markus fonça, pied au plancher.

— Comment va-t-elle ? demanda Evan en se tournant vers Chase.

— Elle est inconsciente mais je n'ai pas vu d'autre blessure.

Il passa doucement la main sur le corps de Vanessa pour s'assurer qu'il n'y avait pas de blessure par balle ou de fracture.

— On va l'emmener chez le toubib pour qu'il l'examine, fit Cooper.

— Est-ce que c'est une bonne idée ? demanda Chase.

— Elle a déjà rendez-vous, répondit Cooper en se tournant face à la route pour téléphoner.

— Pas de blessure visible, elle est inconsciente, fit-il, puis opina et raccrocha.

Il se retourna vers Chase.

— Elle veut l'examiner pour être sûre.

Markus changea de direction et prit un virage.

— Je ne veux pas te causer de problèmes.

— T'inquiète. Y'en aura pas, fit Cooper en riant devant son air surpris. Sasha garde la maison d'amis en ce moment. Ils ont trois chiens et trois chats, alors ils voulaient qu'elle reste avec eux. Vous comprendrez quand vous les verrez.

Un large sourire se dessina sur son visage.

Chase voulait s'assurer que Vanessa allait bien. Il savait que ce n'était pas une bonne idée de la garder auprès de lui. Il venait d'en avoir la preuve. Quiconque était dans ses parages allait être blessé. Il se pencha sur le visage blême de Vanessa et repoussa les cheveux de ses joues.

— Vanessa, allez. Réveille-toi, chérie.

Elle ne répondit pas. Son corps suivait doucement les mouvements du SUV mais aucun signe n'indiquait qu'elle reprenait conscience. Markus ralentit quand ils pénétrèrent dans une banlieue. Il prit plusieurs virages et se gara devant une grande maison de style victorien.

Cooper sauta hors du SUV, alla jusqu'à la porte d'entrée et l'ouvrit.

— Sasha ? Tu es là ?

Comme il s'appliquait à sortir doucement Vanessa de l'arrière de la voiture, Chase manqua la réponse. Mais en entendant les rires et les voix enjouées, il sut que tout allait bien.

Il ne voulait pas amener plus de problèmes dans la vie de ses amis. Sasha avait traversé bien des épreuves. Putain, comme eux. C'était quelqu'un de bien.

Et Cooper avait une sacrée chance.

Chase porta Vanessa par le garage ouvert, espérant qu'aucun des voisins ne l'avait vu. Sasha attendait dans la cuisine.

— Pose-la sur la table, s'il te plaît, lui demanda-t-elle.

La table de la cuisine était en fait un très long îlot. Il la déposa doucement et attendit tandis que Dr Sasha l'examinait. Elle passa énormément de temps à examiner la tête de Vanessa, là où elle s'était cognée contre la valise en fer.

Enfin, elle se redressa.

— Ça va aller, fit-elle en hochant la tête. La blessure à la tête n'est pas vilaine. Elle devrait bientôt se réveiller.

— Il y a un canapé où je peux la coucher ? Je ne veux pas qu'elle s'asseye, désorientée, et tombe de l'îlot.

— Pose-la ici, fit Sasha en riant tout en lui guidant jusqu'au salon.

Chase entendit des aboiements.

— Où sont les chiens ? fit-il.

— Je les ai enfermés dans le bureau pour le moment.

Sasha s'éloigna d'un pas vif et en un rien de temps, trois bassets arrivèrent en courant dans le salon, aboyant follement. Ils se ruèrent sur lui et il tendit une main protectrice pour s'assurer qu'ils ne dérangeraient pas Vanessa. Ils arrêtèrent d'aboyer sur un ordre de Sasha. Le premier renifla le côté du visage de Vanessa et le second sa main. Le troisième s'occupa des jambes. Chase hésitait entre les chasser ou les laisser simplement faire quand Sasha revint et étudia la réaction des chiens.

— Une des raisons pour lesquelles on m'a demandé de m'occuper de ces chiens, c'est qu'ils s'entraînent à détecter des maladies et d'autres conditions médicales chez les gens. Alors, pour eux, c'est une séance d'entraînement.

Sourcils arqués, Chase regarda tandis que les chiens reniflèrent Vanessa des pieds à la tête avant de se retourner et d'aller vers Sasha.

— Alors… le verdict ?

— Ils n'ont pas signalé de problème particulier, donc c'est bon signe, fit joyeusement Sasha. Maintenant, Chase, dans quel pétrin t'es-tu fourré ?

Elle s'était campée devant lui. Une des particularités du Dr Sasha, c'est qu'elle était minuscule mais qu'elle en imposait. Peu importait qu'on soit fort ou vieux, on se tenait toujours droit comme si la maîtresse allait vous gronder.

— Chase, que se passe-t-il ? redemanda-t-elle, bras croisés sur la poitrine, tapant légèrement le plancher du pied, ce qui lui rappela le comportement de Vanessa plus tôt.

Il jeta un regard à moitié désespéré à Cooper, en espérant qu'il viendrait à sa rescousse, mais il comprit que c'était un espoir vain en voyant le sourire de son ami.

— Un truc de mon passé est remonté à la surface alors que j'aurais aimé laisser tout ça derrière moi, admit-il, penaud.

— Les secrets remontent toujours, fit-elle en secouant la tête.

— Ce n'était pas un secret, protesta-t-il. C'était mon histoire. J'ai pris mes distances et j'ai cru que, peut-être, je pourrais continuer à ne pas y être mêlé.

L'intensité de son regard lui rappela à quel point Sasha était intelligente. Il se dandina sur place. Finalement, elle acquiesça brièvement.

— Il vaut mieux que ça arrive maintenant que plus tard.

Puis elle se détourna et alla vers Cooper.

— Tu es de garde ?

— Oui, madame, opina Cooper.

Il lui adressa ensuite un sourire malicieux, mais elle posa les mains sur ses hanches et lui jeta un regard noir.

— Qu'est-ce que j'ai dit que je te ferais la prochaine fois que tu m'appellerais comme ça ?

— Un truc délicieux, j'espère, répondit-il en élargissant son sourire.

Elle leva les yeux au ciel et se tourna vers Markus.

— Markus, tu veux du café ?

— Oui, s'il te plaît.

Comme son portable vibra à ce moment-là, il le sortit et regarda.

« La dépanneuse est arrivée. Pas d'autre problème », lut-il.

Il s'éloigna de quelques pas pour ne déranger personne et appela.

Chase l'entendit parler à Swede.

— Sasha l'a examinée mais elle est toujours inconsciente. Il ne semble pas qu'il y ait d'autre blessure… D'accord, fit-il après avoir opiné plusieurs fois. Je vous retrouve à la maison.

Puis il regarda les autres.

— Il vaut mieux que tu ramènes de quoi manger aussi.

Sur ce, il rangea son portable et rejoignit les autres, les yeux fixés sur Vanessa.

— On dirait qu'elle revient à elle.

Chase s'assit sur le canapé à côté d'elle, la main sur son épaule, caressant gentiment sa clavicule du pouce.

— Réveille-toi lentement, Vanessa. Tout va bien.

De grands yeux le fixèrent sous des paupières lourdes tandis qu'elle tentait de se concentrer sur son visage.

Il craignait qu'elle ne soit pas tout à fait consciente quand elle parla avec plus d'esprit que de volume.

— C'est toi qui le dis. Comment ça se fait que j'ai un boomerang qui s'affole dans la tête et pas toi ?

— J'ai de la chance, je suppose, fit-il avec un petit rire.

— Quoi ? Tu es un de ces SEAL super secrets qui a suivi une formation sophistiquée dans le genre tête de bois ? demanda-t-elle légèrement, un sourcil arqué.

Il vit son sourire et se demanda si elle n'avait pas découvert la vérité par accident. Il lui poserait la question plus tard.

— Hé, fit Cooper derrière elle, je n'apprécie pas,

Elle se tordit pour le regarder et gémit, retombant sur le canapé, se tenant la tête d'une main.

— N'essaie pas de bouger tout de suite, fit Chase immédiatement.

— Tu aurais pu me le dire il y a quelques secondes. J'ai déjà rencontré cet homme derrière moi ?

Chase réfléchit. Avait-elle déjà rencontré Cooper ?

Cooper fit le tour pour voir le profil de Chase penché sur elle.

— Pas sûr qu'on se soit rencontrés, fit-il gaiement. Moi, c'est Cooper. Ravi de vous rencontrer. Cette femme merveilleuse qui vous a examinée, c'est le Dr Sasha et c'est la plus belle personne que je connaisse.

Sasha se mit à rire et baissa les yeux sur Vanessa.

— Comment vous sentez-vous ? Contente de voir que vous ne laissez pas ces mecs vous envahir. Ils peuvent être un peu pénibles. Mais ce sont de bons gars.

— Ces hommes ont été merveilleux, dit Vanessa.

Elle peina pour s'asseoir. Elle blêmit et se reposa pendant un moment.

— Je déteste en parler mais je dois vraiment aller aux toilettes.

— Prends mon bras pour te lever et je vais t'aider à y aller.

Alors qu'elle titubait légèrement, Chase l'accompagna aux toilettes qui, Dieu merci, étaient collées à la cuisine. Il demanda sur le seuil :

— Tu as besoin d'aide ?

— Non, ça va aller, merci.

Et elle lui ferma sèchement la porte au nez.

CHAPITRE 20

AUX TOILETTES, VANESSA s'appuya contre le lavabo et inspira profondément plusieurs fois. Elle avait douté d'y arriver, mais l'idée d'être seule quelques instants était trop enivrante pour la refuser. Elle savait qu'elle n'avait pas beaucoup de temps avant que Chase n'ouvre la porte pour vérifier qu'elle allait bien. Elle fit ce qu'elle avait à faire puis, pendant qu'elle se lavait les mains, elle s'aspergea le visage d'eau. Sa tempe l'élançait, mais ce n'était pas insupportable. Même si elle avait un peu mal à la tête, ce n'était plus ce marteau-piqueur qui voulait sortir de son crâne. Dans l'ensemble, elle ne se sentait pas trop mal. Elle se rappelait vaguement que quelque chose avait heurté la voiture, qui s'était retournée.

Elle se mit immédiatement à penser aux autres hommes qui étaient avec eux. Mais personne n'avait l'air bouleversé de l'autre côté de la porte. Était-il possible qu'elle soit l'unique blessée ?

Déprimant. Elle enleva sa barrette, passa soigneusement les doigts dans ses cheveux et la remit en place. Au moment où elle finissait, Chase frappa à la porte.

— Vanessa, ça va ?

— Ça va, je me sens beaucoup mieux, dit-elle avec un sourire en ouvrant la porte.

Grâce à son aide, elle retourna au canapé et s'assit. Elle

éprouva un certain soulagement en mettant les pieds en l'air, mais elle voyait encore la pièce tourner autour d'elle. Remarquant le regard aigu que lui lançait Sasha, elle sut que le docteur comprenait. Elle lui sourit faiblement.

— Merci de m'avoir examinée.

Puis, elle jeta un coup d'œil aux hommes.

— Qu'est-il arrivé aux autres ?

— Ils vont bien, fit Markus. La voiture a été remorquée et les gars sont allés chez Brett.

— Est-ce qu'on sait ce qui est arrivé ? dit-elle, sourcils froncés.

— Un gros camion qui suivait a mis les gaz et le SUV a roulé sur quelque chose et s'est retourné, expliqua Markus doucement, tout en évaluant ses blessures, sans rien manquer de son regard acéré. Vous êtes la seule blessée.

— C'était une manœuvre sophistiquée ou un truc que le gang aurait pu facilement arranger ?

— N'importe qui qui regarde des films aurait pu l'organiser, fit Markus calmement. Et ne sous-estimez jamais les différentes capacités de membres de gang. Ils gèrent de nombreuses affaires, pas seulement l'extorsion et les cercles de paris.

— Heureusement, j'ignore totalement comment marchent les gangs. C'est une chose à laquelle je n'ai pas trop été exposée. Bandes de filles contre *gangs* de gars, déclara-t-elle avec emphase, ce sont deux trucs différents.

— Peut-être, fit Sasha mais les filles sont plus méchantes.

— Malheureusement, c'est très vrai, dit-elle en lançant un coup d'œil compréhensif à Sasha.

À ce moment-là, Chase vint lui apporter un café bien chaud, qu'elle accepta avec gratitude. Il s'assit.

— Et maintenant ? demanda-t-elle.

— Le gang est peut-être suffisamment futé pour arranger un pareil accident, mais je doute qu'il l'ait été assez pour enlever les caméras de la ville qui suivraient ses mouvements, fit Chase.

Le visage de Vanessa s'éclaira, puis elle soupira.

— Mais les voitures auraient été volées.

— Très possible mais j'imagine qu'avec les nouvelles technologies, on peut aussi obtenir des photos de visages plutôt pas mal.

— Ça constituerait des preuves solides. Ça serait parfait, dit-elle. Parce que ces types doivent être jetés en prison avec tous leurs copains.

ILS LAISSÈRENT SASHA peu après. Vanessa ne voulait pas que quelqu'un d'autre soit blessé et, comme elle allait assez bien pour ne plus avoir besoin des soins du toubib, ils décidèrent de rentrer chez Brett, avec Markus à nouveau au volant. Evan était assis à côté de lui et surveillait la route pour voir s'ils étaient suivis.

Chase était resté silencieux tout ce temps. Le téléphone de Vanessa sonna à ce moment-là. Elle répondit et fronça aussitôt les sourcils. Chase n'entendait que partiellement la conversation mais ce qui lui parvint était inquiétant.

— Le déménagement est repoussé jusqu'à quand ? Pourquoi ? Ils auraient dû commencer à emménager aujourd'hui ou demain.

Il tourna la tête et vit Vanessa opiner.

— D'accord, donc on le repousse jusqu'au week-end prochain. Je suppose que les problèmes de plomberie seront arrangés d'ici là.

Vanessa se toucha le front comme si elle réfléchissait à ce

que ça impliquait.

— En un sens, ce n'est pas une mauvaise chose. Sinja n'avait pas fini de tout préparer. On doit s'assurer que la famille reste en sécurité en attendant… Oui, je comprends qu'ils sont sous protection. On devait les rejoindre pour manger une glace mais les plans ont changé, dit-elle en levant les yeux vers Chase, un sourcil arqué. Je pourrais appeler Sinja et voir si elle aimerait être libérée des garçons une heure ou deux. Je sais que l'organisation pour le déménagement l'inquiétait. Avoir quelques jours de plus la soulagera.

Chase écoutait tandis que Vanessa et son interlocuteur passaient en revue plusieurs autres dossiers. Ça lui permettait de comprendre quel effet avait son absence au travail.

Vanessa mit fin à l'appel.

— C'est possible, pour la glace ? demanda-t-elle en regardant par la fenêtre pour voir où ils étaient.

— C'est trop dangereux pour le moment, fit Markus. On ne peut pas les mettre plus en danger. Les voir avec nous de nouveau va renforcer l'idée qu'ils nous sont précieux.

Le téléphone de Chase sonna.

— Mason, quoi de neuf ?

— On est entré par effraction dans l'appartement de Sinja. Les garçons ont disparu. Dane et Sinja sont tous les deux à l'hôpital. Quant à Dane, on lui a tiré dans le dos. On a aussi attaqué Sinja mais elle n'est pas blessée aussi gravement.

— Merde, s'écria Chase dont le cœur manqua un battement. Une idée d'où sont les garçons ?

Markus lui jeta un regard dur et changea immédiatement de direction, prenant la première à droite.

— Non, répondit Mason. Où êtes-vous ?

— On vient de quitter Sasha et on se dirige vers

l'appartement des garçons.

Cooper reconnut le quartier et sut qu'ils arriveraient en quelques minutes.

— On y est presque.

— Faites attention, lâcha Mason. Ces crevures commencent à me les briser.

— Il faut retrouver les garçons, fit Chase. Et aussi débarrasser les rues de ces crevures.

Il entendit Mason parler avec quelqu'un au fond.

— On sera au rapport dès qu'on arrivera.

— Entendu. Je suis en route, fit Mason avant de raccrocher.

CHAPITRE 21

VANESSA AVAIT ENVIE de sortir en courant de la voiture et de se précipiter chez les garçons. Elle ne pouvait pas croire qu'ils avaient été kidnappés. Jusqu'où iraient ces fumiers ?

Chase les mena à l'appartement, balayant tout du regard alors qu'elle s'effondrait lentement. Elle tenta de se ressaisir, mais c'était terriblement douloureux.

— J'espère que Dane va s'en tirer, murmura-t-elle.

— Ça ne m'étonnerait pas du tout que Sasha ait été appelée sur ce cas, fit Markus en montant dans l'ascenseur.

À l'étage des garçons, il sortit le premier et vérifia que c'était sans danger. La porte de l'appartement bâillait. Ils firent rapidement le tour des lieux mais il n'y avait personne d'autre que la police. Tandis que Chase parlait avec Mason, Vanessa contempla le désastre.

— Où est-ce que les garçons ont pu être emmenés ? se demanda-t-elle en passant d'une pièce à l'autre, voyant au passage les nombreux cartons, preuve que Sinja avait travaillé dur.

— Dane a été attaqué au rez-de-chaussée. Il venait de finir de faire le tour de cet étage quand on lui a tiré dans le dos, fit Chase. Apparemment, il y avait deux hommes. Tous les deux membres du gang, pour autant qu'il sache. Ils riaient et ont dit un truc du genre que c'était facile avant de le dépasser. C'est tout ce qu'il a pu dire avant de s'évanouir.

La lèvre inférieure de Vanessa se mit à trembler.

— Comment va-t-on les retrouver ? On ne sait même pas où sont les membres du gang.

— Ils vont *nous* contacter, fit Markus. La seule raison de kidnapper les garçons est d'empêcher Chase de témoigner.

Le regard de Vanessa passa de Markus à Chase et vit que la culpabilité rongeait ce dernier.

— Oh, Chase, je suis si navrée !

— Ne le sois pas, balaya-t-il. C'est ma punition pour avoir fait partie du gang toutes ces années.

— Non, ne pense pas comme ça, dit-elle en secouant fortement la tête. Ce n'est pas toi qui as fait ça. Ces ordures doivent répondre de leurs propres actions. Ce n'est pas ta faute.

Mais Chase ne voulut rien entendre et sortit de la chambre. Elle se tourna vers Markus.

— Qu'est-ce qu'on peut faire ?

Celui-ci secoua la tête et dit d'une voix douce :

— Simplement attendre.

— Ça ne nous aide pas ! s'écria-t-elle.

— On fera tout ce qu'on pourra, mais on n'a aucune idée de la direction qu'ils ont prise.

— Mais peut-être que les voisins le savent. Ils ont pu entendre quelque chose. Et ils ne vous parleront peut-être pas, mais ils me parleront à moi.

Elle sortit avec détermination dans le hall et frappa à la première porte. Pas de réponse. Elle alla à la deuxième. Pas de réponse. En arrivant à la troisième, elle était plus que frustrée.

Elle toqua à la porte.

— Un homme bien a été blessé par balle ici aujourd'hui.

Et deux jeunes garçons, des immigrants, comme beaucoup d'entre vous, ont été kidnappés. Quelqu'un a forcément vu quelque chose. On essaie simplement d'aider les garçons. Leur mère est à l'hôpital, elle a été attaquée, et ces hommes reviendront si on ne les arrête pas.

Il y eut un drôle de silence dans le bâtiment puis la porte devant elle s'entrouvrit. Elle vit en partie le visage de l'homme qui se tenait derrière.

— J'ai entendu le coup de feu, fit-il d'une voix tremblante. Et les garçons qui criaient.

Elle répondit d'une voix bien plus douce.

— Avez-vous vu les agresseurs ? Avez-vous vu où on emmenait les garçons ?

— Ils sont descendus par l'ascenseur. J'ai regardé par la fenêtre de devant, ils ont remonté la rue en voiture et ont tourné à gauche.

Markus se rapprocha derrière elle.

— Avez-vous quel genre de véhicule ils conduisaient ?

— Un van. Un van noir.

La porte se referma devant eux.

— Ça nous aide ? demanda Vanessa en se tournant vers Markus.

— C'est plus que ce qu'on avait jusque-là, rétorqua-t-il, téléphone déjà en main.

Il fit quelques pas dans le couloir et parla à quelqu'un. Vanessa se demandait si elle devait continuer à frapper aux portes. C'était sûr, quelqu'un avait vu autre chose. Mais personne ne répondit. Elle retourna chez Sinja et vit Chase, l'air perdu, au milieu de l'appartement. Elle se sentit triste pour lui. Elle se dirigea vers lui et le serra dans ses bras.

— Dis-toi bien que ce n'est pas ta faute.

Il baissa les yeux sur elle mais ne bougea pas les bras pour la tenir ou l'étreindre.

— Si, c'est ma faute, il y a longtemps que j'aurais dû faire ça. Comme ça, les garçons n'auraient pas souffert.

Elle recula un peu pour le regarder dans les yeux.

— Peut-être que non, mais ça aurait pu être bien pire. Tu aurais pu être tué. Comment peuvent-ils croire qu'ils vont nous échapper ? ajouta-t-elle en regardant l'appartement dévasté.

Chase se tourna et l'étudia. Elle tenta de s'expliquer.

— Maintenant, la police est impliquée. Toi et toute ton unité, vous êtes impliqués. Ces gamins étaient sous protection rapprochée. Il n'y a pas de retour en arrière possible pour ces hommes, dit-elle en haussant les épaules. Je ne comprends tout simplement pas quelle sorte de loyauté Gregory leur inspire pour qu'ils mettent tous leur vie en danger. C'est simplement inacceptable qu'ils utilisent la tactique de la peur pour ruiner tant de vies.

Chase la prit par la main et l'attira à nouveau contre lui. Il lui sourit.

— J'adore quand tu es si passionnée. Ces gamins doivent être défendus.

Elle hocha la tête et riva son regard sur le sien.

— Je sens que je dois les aider. Personne ne m'a aidée à l'époque. Les filles me provoquaient, m'insultaient et m'agressaient verbalement de la pire façon possible quand j'ai atterri dans le système des foyers d'accueil après la mort de mes parents. Et c'est même devenu plus moche encore. Ce n'est drôle pour personne.

Elle détestait que les larmes lui serrent la gorge. Elle avait si peur pour les garçons ! Ils étaient si jeunes et innocents, de simples pions pour ces hommes. Elle savait aussi qu'il y avait bien peu d'information pour continuer. Elle jeta un autre coup d'œil autour de l'appartement alors que son esprit tournait à pleine vitesse.

— Ç'aurait dû être moi, dit-elle en jetant un regard perçant à Chase. Ils auraient dû me prendre comme appât.

— Certainement pas, fit-il en secouant la tête. Ça ne risque pas d'arriver.

Il recula et croisa les bras sur son torse, sa mine s'assombrissant alors qu'il pensait à cette suggestion.

— Il n'y a aucune chance que je sois d'accord.

Il lui prit le visage dans les mains et murmura d'une voix rauque :

— Ne comprends-tu pas à quel point je serais dévasté s'il t'arrivait quelque chose ?

Elle couvrit sa main de la sienne.

— Je suis heureuse de l'entendre, dit-elle à voix basse. Parce que c'est ce que je ressens pour toi. On ne peut pas leur laisser ni toi ni les garçons.

Il laissa retomber ses mains.

— Mais en quoi ça aiderait de les laisser s'en prendre à *toi* ?

— Maintenant qu'ils ont les garçons, ils s'en moquent peut-être. Mais dans le cas contraire… dit-elle avec un sourire. Pourquoi ne pas m'équiper d'un mouchard ? Pour leur tendre un piège, par exemple.

Elle sentit les rouages tourner dans son esprit et sut que, même s'il détestait cette idée, il était *obligé* de l'envisager. Les hommes traitaient horriblement leurs prisonnières. Mais elle ferait ce qu'elle devait faire pour sauver ces garçons. Que ça puisse aussi sauver Chase rendait cette décision encore plus agréable. Elle se pencha vers lui et murmura avec ferveur :

— Il y a très peu d'options.

— Il doit y en avoir une meilleure.

Ils se regardèrent, l'air sombre, jusqu'à ce que Markus intervienne du seuil de la porte.

— C'est une bonne idée mais je ne suis pas sûr que ce soit la bonne personne.

Chase fronça encore plus les sourcils tandis qu'il réfléchissait aux paroles de Markus. Puis il comprit. Il hocha légèrement la tête.

— Faisons-le.

Vanessa savait qu'elle avait raté un truc qui était important.

— Faisons quoi ? s'écria-t-elle. S'il vous plaît, expliquez-moi.

— Ça veut dire que c'est moi qui devrais être l'appât, fit Chase. Et ce plan me plaît.

— Quoi ? dit-elle, horrifiée, cette idée lui faisant horreur. Tu es dingue ?

Elle secoua Chase qui, étant naturellement bien plus fort et plus solide qu'elle, ne bougea pas. Elle leva les mains, exaspérée.

— Ils vont te tuer. Ils n'ont aucune raison de *te* garder en vie,

Elle vit Chase jeter un regard en coin vers Markus, cherchant son opinion. Celui-ci fronça les sourcils.

— Ils vont vouloir savoir ce que j'ai dit à la police et quelles preuves je détiens, fit Chase. S'ils ne l'obtiennent pas de ma bouche, ils me battront à mort pour le savoir.

— Évidemment, ils ne te connaissent plus, hein ? ricana Vanessa en leur jetant un regard noir, les bras croisés sur sa poitrine. Parce que cette technique ne marchera jamais. Non, mon idée est meilleure.

— Jamais je ne l'accepterai, grogna-t-il.

— Je ne me suis pas donné tout ce mal pour assurer

votre sécurité pour que vous soyez pris l'un ou l'autre, déclara Markus. Mais le fait est que si l'un d'entre vous se fait emmener là où ils gardent les garçons, on pourrait tous y aller et vous sauver.

— Donc c'est moi l'appât. Elle doit rester en sécurité, déclara Chase en faisant glisser ses doigts sur son front et en se pinçant le nez.

— D'accord, approuva rapidement Markus.

— En définitive, dit Vanessa, le regard sombre, ces garçons doivent être en sécurité. Si ça signifie que Chase et moi devons être pris, ça se passera comme ça.

— Ça serait le pire des scénarios, fit Chase d'une voix dure. Ils te feront des tas de choses horribles pour me faire parler.

— Et toi, tu ne diras pas un fichu mot, dit-elle en se tournant vers lui.

Il tendit la main pour lui caresser la joue.

— Tu seras mon point faible. Si on est pris tous les deux, je *parlerai*. Parce que je ferai n'importe quoi pour te sauver.

Les larmes montèrent aux yeux de Vanessa. Elle se rua dans les bras de Chase et lui passa les bras autour du cou.

Il la serra étroitement.

PAR-DESSUS LA TÊTE de Vanessa, il dit silencieusement à Markus « protège-la, s'il te plaît ».

Markus déchiffra facilement son intention. Il opina et sortit de la pièce pour leur laisser un peu d'intimité.

Chase ignorait totalement que cette émotion qui lui courait dans les veines était même possible. Enfant mal aimé qui se contentait de rapports superficiels, il n'avait jamais envisagé que quelque chose de tel pourrait arriver. Maintenant que c'était à sa portée, il ferait tout pour la protéger. Il lui embrassa gentiment le front puis la tempe, le cœur gonflé. Il s'était regardé tant de fois dans la glace pour ne rien voir d'autre qu'un vaurien effrayé et coupable…

Alors qu'il repensait au long chemin qui l'avait amené où il était, il se rendit compte que sa vie avait vraiment changé. Il devait se débarrasser du dernier morceau de son passé. Le mettre derrière lui pour qu'il ne puisse blesser personne d'autre.

Il défiait ces bâtards de le poursuivre maintenant. Il les enterrerait dans une fosse d'au moins deux mètres de profondeur. C'étaient des animaux. Que d'autres animaux mettent en pièces leur carcasse.

Une petite main vint lui caresser la joue, soulignant la cicatrice qui lui marquait la peau, et il comprit que c'était toujours un vestige de son passé – la colère, la haine, le besoin de violence. Vanessa était tellement plus douce, plus bienveillante ! Elle avait raison dans le cas présent.

— D'accord, murmura-t-il. Je les laisserai en vie assez longtemps pour que justice soit faite.

Elle rit. Puis lui baissa la tête pour l'embrasser.

— Est-ce que je t'ai dit à quel point je suis fière de toi ?

Il haussa les sourcils de surprise.

— Je le suis, dit-elle en souriant plus largement. Ce que tu as fait, le chemin que tu as parcouru… C'est formidable. Ramenons les garçons à la maison et passons le procès. Parce que, pour la première fois de ma vie, je suis impatiente de découvrir l'avenir.

— Oui, après tout, tu cherches un nouvel appartement.

— Oui, dit-elle en lui caressant les lèvres, et je me suis surprise à regarder des lotissements. Des endroits avec un jardin, un garage et un atelier. Un logement plus grand que ce qu'il me faut. Parce que, même si on ne s'est rien dit, j'ai pensé qu'on voudrait passer un peu plus de temps ensemble à l'avenir.

Il entendit la note de vulnérabilité dans sa voix.

Il se pencha et l'embrassa passionnément.

— Absolument. Alors ne te précipite pas encore sur un appartement.

Entendant Markus revenir, il lui fit un clin d'œil.

— On devrait peut-être réévaluer nos conditions de vie, d'abord.

— Vous êtes prêts, tous les deux ? demanda Markus avec une touche d'humour dans la voix. Je peux vous accorder un moment seuls ici, mais pas trop long. Vous savez, on a une urgence.

Chase saisit la main de Vanessa et alla jusqu'à la porte d'entrée.

— On a un plan d'action ? Des nouvelles ?

— Swede cherche le van. Shadow et Hawk recherchent les garçons. Est-ce qu'Amrit et Peter ont chacun un portable ?

— Mon Dieu, c'est vrai ! s'écria Vanessa. C'est une de premières choses qu'on les a aidés à acheter. Sinja ne comprend pas bien le téléphone mais les garçons ont pigé très facilement.

— Tant que les téléphones sont allumés et qu'ils les ont avec eux, on devrait pouvoir les pister, fit Markus.

— S'ils sont chargés. Celui d'Amrit était mort quand il était au parc, dit Vanessa. Ça nous aurait épargné bien des tourments si on avait pu l'appeler.

Ils descendirent rapidement l'escalier et atteignirent les véhicules qui les attendaient dehors.

— Et Dane, ça va aller ? demanda Vanessa.

— Cooper a appelé pour dire que le pronostic est bon. Il est en grande forme physique. Il n'y a pas de raison qu'il ne recouvre pas totalement, déclara Markus qui ouvrit la porte et attendit qu'ils passent. Il reçoit les meilleurs soins possibles à l'heure actuelle, tout comme Sinja. On doit se concentrer sur les garçons.

En entrant dans le véhicule, Chase entendit son portable vibrer. Il vérifia le message.

— C'était Brett. Il est en route vers chez lui.

— Bien, fit Markus. On a besoin de toute l'aide possible.

CHAPITRE 22

SUR LE CHEMIN du retour chez Brett, Vanessa écouta Chase passer appel après appel. Elle se sentait si impuissante ! Il semblait qu'il n'y avait rien qu'elle puisse faire. Elle aurait aimé appeler les garçons mais, si les ravisseurs ignoraient qu'ils avaient des portables, elle ne voulait pas attirer leur attention dessus.

En définitive, il lui semblait que les gars voulaient la mettre à l'abri quelque part pendant qu'ils poursuivaient leurs recherches. Ça n'allait pas lui convenir. Chase appela le procureur, puis il mit le commandant au courant avant de téléphoner à Mason. En fait, Vanessa perdit le compte de tous les gens auxquels il parla, ce qui ajouta à sa frustration de ne pouvoir appeler personne à l'aide.

Chase se tourna enfin vers les deux autres.

— Rien de nouveau, pas de signe des garçons. Il y a soixante-douze vans noirs enregistrés en ce moment dans la ville, deux ont été volés la semaine dernière. Les deux se trouvaient dans un rayon de trente kilomètres de chez Amrit.

— Pourquoi en voler deux ? demanda-t-elle.

— Ça pourrait être une coïncidence, répondit Markus. Ou bien, en en volant deux en même temps, les kidnappeurs essayaient de brouiller leurs pistes. Si on se sépare en deux équipes pour poursuivre deux véhicules, ils auront une meilleure chance de s'échapper.

— Peu importe pourquoi, fit Chase. C'est maintenant la police qui pourchasse les véhicules volés. Shadow a triangulé un des téléphones.

— Déjà ? fit Markus, l'air surpris.

— Il est au centre commercial, fit Chase en hochant la tête.

— Au centre commercial, commenta Vanessa. Je ne comprends pas, dit-elle, pensive. Pourquoi les kidnappeurs l'emmèneraient au centre ?

— Où est le deuxième portable ? demanda Markus.

— Il n'a pas été encore localisé, fit Chase.

— Je parie que c'est celui de Peter qui est au centre commercial. Il le perd tout le temps. Celui d'Amrit nous permettra de localiser les garçons.

Elle savait simplement qu'il en serait ainsi. Sinja l'avait appelée plusieurs fois au début parce que Peter avait perdu son portable. Ils avaient toujours réussi à retracer les trajets de Peter et à retrouver l'appareil égaré mais Vanessa savait qu'un jour, il serait perdu pour de bon. Et ça avait du sens que le portable soit au centre commercial parce que c'était là que Peter passait la plupart de son temps avec ses amis. Il espérait même avoir un travail dans une des boutiques un jour.

— On doit le retracer même si on localise l'autre portable, fit Markus en se tournant vers Chase. Est-ce que tu connais des relations que les membres du gang peuvent avoir en Californie ?

— Je ne connais plus personne, répondit Chase en secouant la tête. Même s'ils y ont de la famille, je ne me rappellerai plus qui ou quoi ni où.

— Alors pourquoi le procès a-t-il lieu ici ?

— Parce que les crimes ont été commis ici. Ça ne veut

pas dire qu'on ne le jugera pas dans un autre État pour d'autres crimes. Il est en ce moment en liberté conditionnelle avec des restrictions limitant ses actions. Il doit se présenter au tribunal vendredi.

— Je ne m'y connais pas en droit californien, mais je ne comprends pas pourquoi on n'ajoute pas des accusations à son dossier, dit-elle. Ou ça a été fait ? Tu peux prouver les meurtres, non ?

— Je l'ai vu tuer plusieurs personnes. Mais pas dans cet État-ci, fit-il, le regard au loin, le visage dur et froid. Mais c'est ma parole contre la sienne. Je n'ai pas de preuve médico-légale.

Vanessa ignorait le fonctionnement des tribunaux mais tant qu'ils faisaient disparaître Gregory de la circulation pendant qu'ils s'occupaient des affaires légales, elle était bien.

— J'espère seulement qu'on trouvera les garçons avant qu'ils ne deviennent les prochaines statistiques de son casier judiciaire.

— Je suis assez sûr que Gregory a pris ses distances avec les kidnappings, déclara Markus en regardant la lumière de l'après-midi par la vitre. Il ne peut se permettre d'y être associé en aucun cas.

— C'est Ronnie qui m'inquiète. Je le soupçonne d'en être à l'origine, fit Chase, fronçant les sourcils. Il est en liberté conditionnelle et donc, il est toujours impliqué.

— Et tu le connais. Alors, qu'est-ce qu'il va essayer de faire ?

— Le Ronnie que je connaissais n'aurait jamais utilisé des femmes et des enfants pour faire avancer les choses.

— Ce n'est pas vrai, Chase, contredit Vanessa. Ils ont utilisé ta mère contre toi tout le temps.

— Je sais, répondit-il, sourcils froncés, mais je ne sais pas pourquoi, il me semble que Ronnie n'aurait pas suivi. Si Ronnie ne s'en occupait pas, Gregory, lui, s'en serait chargé.

— À cette époque-là, peut-être, mais je doute que ce soit encore vrai, commenta Markus. Contacte un des gars et dis-lui de faire un portrait complet de Ronnie. Voyons si on peut obtenir d'autres infos sur lui.

— Vous avez un nom de famille pour lui ? demanda Vanessa. Pour eux tous ?

— Ronnie Haverness, fit Chase, surpris. Je me rappelle en fait son nom, Ronnie Haverness. Je crois qu'en fait, c'est Ronald Haverness. Il a le même anniversaire que moi, mais avec neuf ans de plus.

— Envoie cette info aux gars. Il a peut-être de la famille ici en Californie. On devrait au moins avoir bien plus d'infos sur Ronnie. Si c'est lui qui dirige cette opération, on doit tout savoir sur lui.

POURQUOI N'Y AVAIT-IL pas pensé ? C'était comme si les souvenirs liés à son passé avaient été bloqués, comme s'il ne voulait pas se rappeler. Mais ce n'était pas une excuse. Tout en se réprimandant mentalement, il appela vite Mason pour lui donner cette info.

Il y eut un silence curieux, puis Mason lui parla à voix basse.

— Est-ce que tu connais d'autres noms ?

Chase grimaça en lui en donnant deux autres.

— Je ne sais pas s'ils font toujours partie du gang ou pas. Celui de Gregory, tu l'auras au bureau du procureur. Je ne pense pas l'avoir jamais su. Dans mes notes, je n'ai que leur surnom. Ceux-là viennent de me revenir, alors je ne sais pas si c'est une bonne piste.

— On s'en occupe, fit Mason. Et vous deux, comment ça va ?

— Ça va, fit Chase d'une voix dure, encore agacé d'avoir mis tant de temps à se rappeler un nom. Frustrés parce qu'on ne peut pas faire grand-chose pour aider ces gamins.

— Rester en sûreté est votre objectif premier.

— À moins qu'on ne se laisse prendre, fit Chase, qui entendit Mason exprimer sa surprise. Le seul moyen de pouvoir localiser les garçons, c'est que je me fasse mener à eux. Mais que les choses soient bien claires, je ne veux pas que Vanessa serve d'appât. C'est moi qu'ils veulent. Donc je pense qu'ils devraient me capturer moi.

— Je vais y penser, fit Mason, et il raccrocha.

— Voilà qui s'est bien passé, ricana Chase. Mason va réfléchir à cette suggestion.

— En fait, ce n'est pas une mauvaise idée, déclara Markus. Simplement, on ne peut pas assurer ta sécurité. Ces gars vont probablement te mitrailler avant qu'on vienne à ton secours.

Chase ne répondit pas parce que lui aussi savait que c'était la vérité. Ces membres de gang n'étaient pas les gamins avec qui il courait les rues. C'étaient des tueurs de sang-froid.

Et ça, il fallait qu'il s'en souvienne.

CHAPITRE 23

VANESSA FUT SOULAGÉE quand la voiture s'arrêta dans l'allée de Brett. Pour l'instant, la maison représentait la sécurité. Quand elle y entra, elle vit que c'était devenu un poste de télésurveillance.

— Qu'est-ce que Brett va penser de tout ça quand il va rentrer ? dit-elle avec humour.

— Ça ne le dérangera pas. Si ce n'était pas sa maison, ce serait l'une des nôtres, fit Markus.

Elle haussa les épaules, laissa son sac à main sur le comptoir et prit une tasse de café. Elle s'appuya contre le meuble et examina la table remplie d'ordis portables et d'hommes au travail.

— Du nouveau ?

Chase entra dans la cuisine avec son ordi et se laissa tomber à côté d'eux.

Personne ne répondit. Elle soupira et se tourna pour regarder par la fenêtre.

— Si je peux vous aider de quelque manière que ce soit, vous me le direz ?

— On s'en occupe, fit Hawk. Si vous pensez à quoi que ce soit qui peut nous aider à retrouver ces types, faites-nous-en part. Sinon…

Et sa voix mourut.

Tandis qu'elle était là à serrer sa tasse de café, elle ne put s'empêcher de penser aux pauvres Amrit et Peter. À ce qu'ils devaient penser de leur nouvelle vie en Amérique… Intuitivement, elle comprit qu'ils espéraient que Chase viendrait de nouveau à leur secours. Ce qu'il ferait. Mais serait-il assez rapide ? C'était la question à laquelle elle n'osait répondre.

— Est-ce que c'est sûr de sortir dans le jardin ?

Chase se tourna, sourcils froncés. Il fit le tour de la table.

— On dirait que Cooper est de garde.

À ce moment-là, le portable de Vanessa sonna. Regardant l'écran, elle s'exclama :

— C'est Amrit !

Le silence se fit immédiatement dans la pièce. Chase se leva et alla vers elle.

— Mets le haut-parleur pour qu'on l'entende tous et parle normalement. On va voir si on peut tracer son appel, mais pour ça, tu dois le faire parler.

Elle attendit jusqu'à ce que Swede lui fasse signe de répondre, ce qu'elle fit avec le volume à fond.

— Amrit ? Où es-tu ?

Pas de réponse.

— Allô. Allô ? Amrit, tu es là ?

Silence. Elle jeta un coup d'œil aux hommes qui essayaient de tracer l'appel et haussa les épaules. Elle croyait entendre quelque chose en bruit de fond mais ce n'était pas identifiable. Elle plaça le portable contre l'oreille de Chase pour voir s'il reconnaissait le bruit. Mais il secoua la tête. L'appareil passa rapidement d'une personne à l'autre au cas où quelqu'un reconnaîtrait le drôle de bruit de machine en fond. Ne sachant pas que faire, elle posa le téléphone sur la table et attendit en silence tandis que les hommes essayaient de trouver où se trouvait l'appelant.

Le portable s'éteignit au moment où Shadow agitait le

poing en l'air.

— Je l'ai !

— Où est-il ?

Le cœur au bord des lèvres, elle écouta tandis qu'il nommait une rue très près de chez Amrit et l'école.

— Il est très près, dit-elle, interloquée.

— Non, intervint Chase. Il est près de là où nous *étions*. On est à bien dix à quinze minutes de là maintenant.

Swede apporta une carte.

— C'est une maison dans un quartier résidentiel correct. Une ancienne partie de la vieille bâtisse, démolie et reconstruite avec une nouvelle architecture.

Les hommes se dirigeaient déjà vers la porte.

— Qu'est-ce qui se passe ? demanda Vanessa en saisissant le bras de Chase.

— On va chercher Amrit.

— Est-ce que je peux venir ? Il me connaît. Il voudra peut-être voir un visage ami quand vous arriverez.

Les hommes se regardèrent et se tournèrent vers elle.

— Ils me connaissent, et Swede aussi, fit Chase en secouant la tête. On les a déjà sauvés une fois. Ils espèrent être encore sauvés. On ne peut pas échouer. C'est mieux si tu restes ici en sécurité. Ce n'est pas la peine de sauver les garçons si les kidnappeurs t'enlèvent.

Il lui embrassa le front.

— Reste ici. On te contactera dès qu'on aura les garçons. Je te promets de t'appeler dès que je peux, fit-il en lui soulevant son menton et en lui souriant.

Et elle dut s'en contenter.

Elle les suivit jusqu'à la porte d'entrée, le cœur serré, et les vit monter dans deux véhicules et s'en aller. Elle détestait rester derrière. Et elle détestait qu'on ne la tienne pas au courant. Mais elle savait que c'était bien pire pour les garçons. Elle revint dans la cuisine. Ils avaient laissé traîner les ordis, les documents et les tasses de café.

Elle sourit : c'étaient peut-être des hommes dangereux à leur manière mais à peine bien élevés.

Mais elle n'aimait pas quand d'autres personnes touchaient à ses affaires, alors elle ne voulut pas toucher aux leurs. Elle prit sa tasse de café et se dirigea vers le salon. Confuse et frustrée mais pleine d'espoir, elle erra dans la pièce et se laissa tomber sur le canapé. Elle était fatiguée et épuisée, mais trop excitée pour dormir.

CHASE DÉTESTAIT LA laisser derrière. Il pensa que c'était peut-être une ruse pour leur faire quitter la maison mais, à sa connaissance, leur emplacement n'avait pas été compromis. Tant qu'elle restait cachée à l'intérieur, tout irait bien. Il pouvait se concentrer sur le sauvetage des garçons. Ils étaient à dix minutes seulement de la maison.

La police avait été prévenue mais ne pourrait se mobiliser à temps. Elle resterait informée. Ce n'était pas son boulot de faire ça. Une bonne chose. Il était nul en tant que médiateur, et avait à peine atteint le niveau d'interlocuteur en ce qui avait trait à l'autorité.

Une fois arrivés dans le quartier, ils se stationnèrent un peu à l'écart du bâtiment et prirent rapidement leurs positions.

Chase attendit le signal de Mason.

Shadow et Hawk scrutèrent le périmètre. Jusque-là, la maison était plongée dans l'obscurité. Si les garçons se trouvaient à l'intérieur, on n'en voyait aucun signe. L'unité alla aux deux portes en même temps et ils fouillèrent rapidement la maison. Vide. Ils cherchèrent en haut, en bas et au sous-sol. Aucune trace des garçons, mais ils avaient été là. Des sacs McDonald's de repas à emporter jonchaient le sol. Dans une pièce se trouvaient un pull de petit garçon et d'autres débris de malbouffe.

Chase se tint au centre de la pièce et sentit son monde s'effondrer. Il se tourna vers Swede.

— Comment ont-ils deviné qu'on viendrait ?

— Peut-être qu'ils ne l'ont pas deviné.

Puis il indiqua la table où se trouvait le téléphone d'Amrit :

— S'ils ont trouvé le téléphone, ils ont pu penser que le dernier appel avait été tracé, ça expliquerait pourquoi ils les ont emmenés ailleurs.

— Mais emmenés où ? demanda Chase. Ils pourraient être n'importe où !

— T'inquiète, on va les retrouver. On a déjà le nom des propriétaires de cette maison… Maintenant, on cherche un lien avec le gang. N'importe quel fil conducteur qu'on trouvera donnera toujours plus que ce qu'on avait. Reste concentré.

Mais Chase ne pouvait s'empêcher de penser qu'ils avaient raté leur chance. Il fixa le portable, rageur, et là, la terreur s'empara de lui.

Shadow entra dans la cuisine.

— Si on a utilisé le portable de Vanessa pour tracer Amrit, fit Chase d'une voix dure en se tournant vers lui, est-il possible qu'ils utilisent celui d'Amrit pour tracer Vanessa ?

Shadow fixa l'appareil sur la table puis se tourna pour regarder Chase, horrifié.

— Absolument, fit-il avec un petit hochement de tête.

Chase sortit son portable pour appeler Cooper, de garde

chez Brett.

— Pas de réponse de Cooper, fit-il en courant au camion. Dis aux autres que je pars retrouver Vanessa.

— N'y va pas seul ! cria Shadow.

— Il ne sera pas seul. J'y vais avec lui et c'est Evan qui conduit.

Chase reconnut à peine la voix de Markus. Evan saisit Chase et le poussa sur le siège arrière puis se jeta sur le siège du conducteur.

— Tu ne vas certainement pas conduire dans l'état où tu es. En plus, on ira plus vite si c'est moi qui conduis.

Peu importait la vitesse à laquelle ils iraient, Chase savait en son for intérieur qu'il était déjà trop tard.

Ces ordures tenaient Vanessa.

Cooper, blessé et en colère, les appela et confirma.

CHAPITRE 24

MAIS ENFIN, QUI pouvait cogner si fort ? Elle pouvait à peine dormir à cause du bruit qui lui martelait la tête. Elle tenta de rouler sur elle-même et cria. Des ondes de choc douloureuses lui parcoururent le corps et son mal de tête explosa.

Elle se mit sur le dos et cria à nouveau en voyant qu'elle avait les mains attachées dans le dos. Elle resta quelques minutes dans cette position, cherchant son souffle tandis que les grandes ondes de douleur s'éloignaient lentement. Elle ouvrit les yeux et examina ce qui semblait être une petite chambre. Par quel miracle était-elle arrivée ici ?

Était-elle toujours dans la même maison ?

Ou complètement ailleurs ? Elle se rappelait s'être assise sur le canapé en souhaitant faire une sieste mais en sentant qu'elle ne s'endormirait pas.

Est-ce qu'elle s'était endormie et avait été attaquée ? Est-ce que la maison avait été gazée ? Est-ce que c'était même possible ? Elle avait une drôle de sensation dans la bouche et le nez mais elle recouvrait rapidement ses esprits.

Est-ce que les hommes avaient été attirés au loin pour la laisser seule dans la maison ? Non, pas seule. Cooper était de garde dehors. Pauvre Cooper ! Elle espérait qu'il n'avait été qu'assommé. Pas tué. Ce serait trop horrible. Elle sentit une goutte couler sur son front, ce qui répondit à sa question à propos de son mal de tête.

Elle n'entendait rien dans le reste de la maison. Y avait-il quelqu'un en bas ? Elle roula sur elle-même et se retrouva à genoux. Est-ce qu'elle pourrait faire glisser ses bras sous ses fesses et amener des mains liées devant ? Oui ! Elle se rendit compte que les liens n'étaient que de la corde. De la corde en nylon.

Ses pieds étaient attachés de la même façon et, maintenant que ses doigts étaient disponibles, elle réussit à défaire les nœuds autour de ses pieds. Se sentant mieux d'y être parvenue, elle se leva et se dirigea vers la fenêtre d'où elle pouvait voir ce qui ressemblait à un quartier résidentiel qu'elle ne reconnut pas. Elle reporta son attention sur ses poignets et, avec les dents, réussit à défaire les nœuds. Le nylon était peut-être solide, mais il glissait et était facile à défaire.

Libre, elle sentit maintenant qu'elle avait une chance. Elle saisit les deux morceaux de corde, en fourra un dans sa poche et enroula l'autre autour de son poignet. Elle ne pensait pas avoir la force d'étrangler quelqu'un, mais elle essaierait à fond.

La fenêtre s'ouvrit facilement, mais elle était au premier étage et il n'y avait ni sortie de secours, ni terrasse ou petit toit pour amortir son atterrissage. Si elle s'accrochait à la fenêtre et se laissait pendre, elle pourrait réduire la hauteur sa chute et, en plus, il y avait de l'herbe en dessous. Elle ignorait si elle se casserait une jambe avec une telle chute. Mais tant qu'elle pouvait boiter jusqu'à un endroit sûr, le résultat lui conviendrait.

Par contre, rester assise ici et attendre que quelqu'un vienne… c'était la dernière chose qu'elle désirait.

Elle alla à la porte et tenta très doucement de tourner la

poignée. Fermée à clé. Naturellement. La chambre était fermée de l'extérieur. Elle en eut la chair de poule. Est-ce que ces enfoirés avaient changé de planque simplement pour la kidnapper ? Et s'ils l'avaient fait, est-ce que ça voulait dire que les gars étaient ici ? En regardant dehors, elle vit qu'elle était au coin du bâtiment et, donc, deux des murs étaient extérieurs. Les deux autres étaient des cloisons, dont l'un comportait la porte.

Elle alla à l'autre mur plein, tapa un petit coup et attendit. Rien. Elle alla au mur avec la porte et fit de même. Au moment où elle pensait qu'il n'y avait rien, elle entendit un petit coup. Elle frappa deux autres fois et entendit deux coups en réponse.

Bien, ça voulait peut-être dire que les garçons étaient là. Ou un autre prisonnier. Vanessa retourna à la fenêtre et regarda celle d'à côté, mais elle était trop loin pour l'atteindre. Alors qu'elle l'examinait, un visage apparut. Amrit. Son visage s'éclaira d'un grand sourire. Un moment après, Peter montra son visage au-dessus de son frère. Elle se mit un doigt sur la bouche pour leur indiquer de se taire et rentra dans la chambre pour trouver un plan.

En vérité, il n'y avait que deux options. Passer par la fenêtre ou fracturer la porte. Cette dernière option n'était pas possible et, s'il y avait des hommes dans la maison, elle les alerterait sur ses tentatives d'évasion. Un truc dont elle ne voulait vraiment pas. Il ne lui restait que la fenêtre.

Elle n'avait pas beaucoup de corde mais si elle nouait les morceaux ensemble… Elle fit une petite boucle à l'un d'eux et, une fois les deux attachées ensemble, elle attacha la corde au verrou puis monta sur la fenêtre. Si elle tirait trop fort sur le nœud, celui-ci se déferait mais ça l'aiderait quand même à amoindrir sa chute. Simplement, pas assez. Elle sortit par la fenêtre, sentant Amrit qui la regardait, et se baissa jusqu'à être suspendue au rebord par les mains. Alors elle saisit la corde et tira.

La corde tint bon.

Lentement, elle fit glisser son corps le long de la corde, descendit jusqu'au bout puis se laissa tomber sur le sol et roula.

Et voilà, elle se retrouvait libre. Elle fit un signe aux garçons, puis elle sauta par-dessus la palissade de derrière.

Maintenant, elle devait trouver un téléphone. Et quelqu'un pour l'aider. Elle courut à la porte d'entrée de la maison du jardin de laquelle elle avait escaladé la palissade et frappa. Un homme répondit.

— Est-ce que je peux emprunter votre téléphone, s'il vous plaît ? C'est urgent.

Il lui tendit rapidement un appareil.

Elle appela Chase.

— Je me suis échappée. Je suis à… dit-elle et se recula pour trouver l'adresse à côté de la porte. Au numéro 364…

Elle regarda l'homme qui lui avait prêté son téléphone.

— Cypress Road. C'est le 364, Cypress Road, compléta-t-il.

Elle répéta l'adresse.

— Reste où tu es. On est en route, répondit Chase, calmement.

Mais elle entendit le trouble et la colère bouillonner malgré tout.

— Je me suis échappée de la maison qui est directement derrière celle-ci. J'ai sauté par la fenêtre de derrière. Amrit et Peter sont détenus dans la pièce à côté de celle où j'étais, dit-elle d'une voix tremblante, et elle regarda autour d'elle pour s'assurer que personne ne la poursuivait.

L'épouse de l'homme avait rejoint celui-ci à la porte d'entrée. Tous les deux écoutaient, horrifiés, mais l'encourageaient pendant qu'elle parlait à Chase.

— Il faut aider les garçons avant qu'on s'aperçoive que je ne suis plus là.

— Est-ce que tu as vu quelqu'un ? Entendu quelque chose ? demanda Chase.

— Non, dit-elle en secouant vivement la tête. Je me suis endormie sur le canapé chez Brett et, quand je me suis réveillée, j'étais attachée dans une chambre ici.

Elle entendit s'exclamer les gens de la maison où elle se trouvait et essaya de les rassurer d'un sourire. Mais c'était un peu difficile quand elle voulait simplement échapper à des ennemis sans visage.

— Combien de temps mettrez-vous à arriver ? demanda-t-elle.

Est-ce qu'elle devait faire le tour du pâté de maisons pour se retrouver devant la maison ? Elle n'en avait pas vraiment envie, mais elle n'allait certainement pas laisser les garçons seuls.

— Pas longtemps. Reste exactement où tu es. On y est presque.

CHASE SERRA LE téléphone avec un peu trop précautionneusement. En fait, il aurait voulu le fracasser dans le camion. Mais ça n'allait aider personne. Vanessa avait réussi à se libérer et à s'échapper de la maison. Il l'admirait pour ça. Tant de gens paniquaient et étaient incapables d'agir ! Le fait qu'elle ait vu les garçons était aussi une excellente nouvelle.

Ils les avaient maintenant localisés tous les trois. Il leur fallait simplement les rejoindre à temps. Cooper aussi était en route. Passablement énervé, mais assez en forme pour donner une raclée s'il en avait l'occasion.

Se méfiant d'un autre piège, Markus s'arrêta devant la maison d'où elle avait appelé.

Chase sauta du véhicule à temps pour voir Vanessa courir vers eux. Elle était en partie cachée sur le porche de devant. Il ouvrit les bras et l'attrapa en plein vol. Elle riait et pleurait en même temps, tremblant de tout son corps de façon incontrôlable. Il la pressa contre son cœur, soulagé. Il s'en était fallu de peu.

— Mon Dieu, j'ai cru que je t'avais perdue !

— Merci d'être venu me chercher, dit-elle en s'accrochant plus fort à son cou. J'avais tellement peur !

— Vraiment ? ricana-t-il. Tu es en danger à cause de moi et te voilà en train de me remercier. Tu devrais m'en vouloir au contraire.

— Putain, dit-elle en reculant pour lui jeter un regard noir. Est-ce que tu m'as kidnappée ? Est-ce que tu m'as enfermée dans une pièce, ligotée par terre ? Non. Est-ce que tu as kidnappé ces pauvres garçons ? Certainement pas. Assez parlé. On doit les faire sortir de cette maison maintenant.

— Et toi, tu entres dans ce camion et tu nous y attends, fit-il en la ramenant au véhicule, l'aidant à s'asseoir à l'arrière alors que Mason et Swede approchaient par le coin de la rue.

— On a fouillé la zone et il n'y a personne à l'intérieur, fit Mason.

— Pourquoi est-ce qu'ils laisseraient leurs prisonniers tout seuls ? fit Chase en secouant la tête. Ça n'a pas de sens.

— C'est un piège, déclara Swede. Ils pourraient se cacher n'importe où, fit-il en indiquant le quartier et les jardins clôturés.

— La priorité, c'est de récupérer les gamins. Puis de descendre ces crevures. Si ce n'est pas un piège, on doit en tendre un nous-mêmes et nous servir de la maison comme appât.

— Servez-vous de moi, dit Vanessa qui s'élança vers eux après avoir ouvert la portière et l'avoir claquée derrière Chase. Je n'ai vu personne quand j'étais à l'intérieur. Mais ils ne vont probablement pas laisser la maison vide longtemps. Récupérons les garçons. Je retournerai là où j'étais et vous, vous pouvez vous cacher partout dans la maison. Seulement, cette fois, donnez-moi un portable, d'accord ?

— Pas de problème, déclara Shadow en souriant.

— Holà, n'oubliez pas qu'elle vient de s'échapper, intervint Chase. Elle est en sûreté, maintenant. Elle ne devrait retourner là-bas sous aucun prétexte.

— Et pourtant, je suis impliquée, dit-elle en se tournant vers Mason. Ne vous en faites pas pour lui, il se sent simplement coupable. De plus, on n'a pas de temps à perdre. Ils risquent de revenir à tout moment.

— Et comment vas-tu retourner à l'intérieur de la maison ? demanda-t-il, furieux. En remontant la corde ?

— On l'aidera à rentrer dans la chambre et l'un d'entre nous restera dans le placard et un autre dans celui des garçons. Quand ces types reviendront, on les descendra. Mais il faut saisir l'occasion avant qu'elle nous échappe.

Elle avait totalement ignoré les protestations de Chase, qui abandonna. La peur le rongeait. Il n'osait pas penser à ce qui pouvait mal tourner. En aucun cas un civil n'aurait dû être impliqué dans cette opération, et certainement pas Vanessa. Il voyait bien qu'il n'y avait pas de solution satisfaisante, mais il tenta le coup une dernière fois.

— Tu restes dans le camion. On peut sauver les garçons puis revenir se cacher dans la maison.

— On fait sortir les garçons, c'est la priorité, déclara Vanessa, calmement. Mais si ces types reviennent pour nous surveiller, ils se détendront parce qu'ils m'auront toujours moi. Si on disparaît tous, ils vont s'enfuir. Vous pourrez peut-être en attraper un ou deux, mais avoir quelques minutes de plus peut faire toute la différence.

Et puis, c'était trop tard.

Ils n'avaient plus de temps.

Ils appliquèrent le plan. Au moins, il savait que, cette fois-ci, il serait là pour veiller sur elle s'il lui arrivait quelque chose.

CHAPITRE 25

POURQUOI AVAIT-ELLE FAIT une suggestion pareille ? Elle était à nouveau ligotée sur le plancher de la chambre comme elle l'avait été à son réveil. Au moins les garçons étaient en sécurité. Ils s'étaient précipités vers Chase et Swede qui les avaient vite soulevés et emportés. Hawk et Shadow les protégeaient en ce moment dans le camion. Maintenant commençait la longue attente. Elle aurait dû demander à aller aux toilettes d'abord. Elle savait simplement qu'il lui faudrait y aller bientôt. Plus elle attendait, plus elle devenait nerveuse et plus elle ne pouvait s'empêcher d'y penser.

Elle ne voyait pas Chase dans le placard mais elle savait qu'il s'y trouvait. Elle aurait aimé qu'il soit couché près d'elle et qu'il la tienne dans ses bras, mais si on l'entendait se précipiter vers le placard, ce serait contre-productif. Elle entendit un tout petit bruit derrière elle. Elle se contorsionna pour voir Chase et il leva le pouce puis trois doigts. Il lui parla à voix basse.

— Trois hommes arrivent avec des boîtes de pizza.

Elle écarquilla les yeux quand elle comprit. Comme ça, ils avaient laissé leurs prisonniers pour aller acheter de la nourriture. Pourquoi est-ce qu'ils n'avaient pas laissé de garde ? Elle haussa les épaules devant leur stupidité tout en se sentant soulagée et se détendit sur le plancher. Elle entendit presque instantanément du bruit en bas quand les trois hommes entrèrent. Elle les entendit appeler quelqu'un.

— Hé, Jimmy, t'es là ? On a ta pizza au pepperoni.

Silence. Un des hommes demanda.

— Jimmy, t'es où ?

Silence.

Est-ce qu'un des kidnappeurs avait disparu quand l'occasion s'était présentée ? Est-ce qu'on lui aurait reproché la disparition des garçons ? Il était futé de s'être barré. Mais elle ignorait si le monde serait assez grand pour qu'il s'y cache. Ces types avaient retrouvé Chase. Quel effort leur demanderait de pister un déserteur, surtout s'il avait des preuves sur le gang ?

Ils le tueraient s'ils l'attrapaient.

Chase devait penser la même chose. Le kidnapping constituait un crime sérieux. Si tout se passait bien, tous les membres du gang passeraient de longues années en prison.

On entendit quelqu'un monter rapidement l'escalier ; elle se figea. Elle ferma les yeux et essaya de se concentrer sur sa respiration. Les pas se rapprochèrent et la porte de sa chambre s'ouvrit à la volée. Elle entendit un profond soupir de soulagement.

— La garce est toujours là ! cria l'homme.

Puis il courut à la chambre des garçons et ouvrit la porte en grand.

— Nom de Dieu, les garçons ont disparu ! hurla-t-il.

— Quoi ? rugit un autre.

D'autres pas retentirent quand les autres hommes montèrent les marches en courant.

— Comment est-ce qu'ils sont sortis ? Et où est ce satané Jimmy ?

Elle pouvait presque imaginer les trois hommes se regarder quand la réponse leur vint.

— Putain, il a pris les garçons ? Il les a laissés partir ? Qu'est-ce qui se passe, bon sang ? Jimmy ne dénoncerait sûrement pas le gang ?

— Je n'aurais pas cru mais il était contre l'idée de kidnapper les gamins, alors il leur a peut-être ouvert la porte puis s'est enfui. Ou alors… les gamins de nos jours sont tellement futés. S'ils pouvaient sortir de la maison, ils l'ont fait. S'il a vu qu'ils étaient partis, lui aussi a dû s'enfuir, sachant quels ennuis l'attendaient. Ce qui veut dire qu'on peut s'attendre à ce que ces satanés flics arrivent à n'importe quel moment, fit l'un des types, paniqué.

— On s'en va, on s'en va. Prenons la femme et fichons le camp.

— Oh, je ne crois pas.

Soulagée, elle sourit en entendant la voix de Mason.

— Vous trois, vous n'allez nulle part.

— Attrapez-le…

Et la chambre entra en éruption.

Vanessa grimaça quand Chase la dépassa en courant, un peu trop impatient de mettre la main sur les hommes qui l'avaient kidnappée. Ses mains n'avaient pas été ligotées très serré et, en entendant le bruit de la furieuse bataille qui se livrait dans le couloir, elle se détacha rapidement. La porte de la chambre était encore ouverte. Elle scruta par-delà la porte et vit deux hommes contre trois.

Chase la vit, se redressa et hurla :

— Vanessa, rentre dans la chambre !

Il y eut un coup de feu. Et Chase tituba.

— Chase ! cria-t-elle, se ruant vers lui.

— Non, hurla-t-il lorsqu'un deuxième coup de feu fut tiré.

Un des hommes courut vers l'escalier mais Mason le tacla par derrière. Le kidnappeur se contorsionna mais perdit pied et passa par-dessus la balustrade pour atterrir tête la première sur le carrelage en dessous. Les deux autres arrêtèrent de se battre.

Chase se releva en s'aidant de la balustrade et regarda l'homme en bas avec une drôle d'expression.

Elle se rua à ses côtés et regarda le mort. C'était Ronnie.

— Bon débarras, dit-elle sèchement.

— Je suis d'accord, fit Chase prudemment en se tenant le bras pressé contre la poitrine.

— Tu es blessé, murmura-t-elle en portant la main à sa bouche.

— C'est juste une égratignure. J'ai probablement des côtes fêlées, aussi, fit-il avec un sourire en regardant les deux autres types. Ça va. Ça valait le coup.

Elle reporta son attention sur les deux kidnappeurs et les reconnut, les ayant vus dans le parc. Ils étaient tenus par Mason et Swede, qui les avait rejoints.

— Alors, voilà les trouillards qui s'en prennent aux femmes et aux enfants, ricana Vanessa. Je vois que vous m'avez même attaquée pendant que je dormais. Qu'est-ce qu'il y a ? Vous avez peur de moi aussi ?

Soudain, l'homme le plus près se dégagea et la gifla.

Elle éclata de rire, attrapa le bras de l'homme, le lui tordit dans le dos tout en lui balayant les jambes. Elle l'avait plaqué au sol en quelques secondes.

— Allez, gifle-moi encore une fois, dit-elle durement. Tu verras le genre de traitement qui te sera réservé la prochaine fois.

Et elle remonta le bras jusqu'à ce qu'il crie.

— Laisse-le, fit Chase en riant. On le placera en détention et on s'assurera que les autres savent qu'il s'est fait battre par une fille.

Les autres ricanèrent. Le tireur rugit et tenta de sauter sur ses pieds. Chase le frappa durement pour qu'il reste au sol.

— Ça, c'est pour avoir kidnappé ces garçons. Je te frapperais bien pour Vanessa, mais je crois qu'elle s'en est bien tirée.

Chase la fit descendre et s'éloigna du corps de Ronnie.

— Je te ramène auprès des garçons dans le camion. Tout le monde doit être examiné et ensuite, retour à la maison.

— La maison ? Leur mère est à l'hôpital, leur appartement démoli. On est entré par effraction chez moi. C'est ça, la maison ? lui rappela-t-elle. Aucun d'entre nous n'en a une.

IL POUVAIT LES emmener à son appartement mais c'était petit et ils seraient serrés. Brett avait une grande maison qui, comme l'avait fait remarquer Vanessa, avait été construite pour une famille. Cela dit, ça avait pris des heures avant qu'on examine le bras de Chase et qu'on lui fasse quelques points de suture. En plus, il fallait ausculter les garçons et Vanessa, qui avait refusé jusqu'à ce que Chase insiste.

— Tu es toujours anxieux, lui dit-elle en levant les yeux au ciel.

Évidemment. Il ne pouvait pas s'imaginer ne pas se réveiller une douzaine de fois la nuit pour s'assurer qu'elle était saine et sauve à ses côtés.

Une fois qu'ils eurent tous été soignés, ils emmenèrent les garçons voir leur mère dans le même hôpital.

Après beaucoup d'embrassades et de cris de joie, ils emmenèrent les garçons, achetèrent des pizzas et la glace qui avait été promise avant de rentrer chez Brett.

Il déverrouilla la porte et fit entrer les garçons, puis eut un moment de choc quand il se rendit compte que la maison n'était plus vide.

Brett se rua hors de la cuisine, s'arrêta et les regarda fixement. Puis il fit un énorme sourire.

— Eh bien, voyons un peu. Je pars quelques jours et je rentre chez moi pour trouver mon ami avec une famille déjà composée.

Vanessa s'avança avec un grand sourire.

— Salut, moi c'est Vanessa. Ravie de vous rencontrer. Chase est blessé et doit s'asseoir avant de tomber.

Chase rit derrière elle, dégoûté. Il la regarda poser les boîtes de pizza dans les mains d'un Brett surpris.

— Et voici Amrit et Peter, deux garçons qu'il me semble vous avez rencontrés, dit-elle en les faisant entrer vers la cuisine. Lavez-vous les mains qu'on puisse manger. Et nettoyez la glace de vos visages.

Les garçons se précipitèrent vers l'évier. Elle les suivit plus lentement.

— Euh, comme ça, tu es prêt à tomber ? demanda Brett, fasciné, suivant du regard la mince silhouette de Vanessa. Tu ne peux pas être aussi mal en point que Levi et les gars de son unité.

— Elle est simplement furax parce que je ne voulais pas passer la nuit à l'hôpital.

Le regard de Brett se reporta sur lui en un éclair, interloqué, et vit immédiatement le pansement autour du biceps de Chase.

— Ce n'est rien, sourit celui-ci, avant de faire signe à Brett de se diriger vers le chaos. Je crois qu'on a besoin de pizza ici.

— Et quand avais-tu l'intention d'expliquer tout ça ? marmonna Brett. Je n'en crois toujours pas mes yeux.

— Croire quoi ? dit Vanessa. Tout va bien. On s'est rencontrés. On est tombés amoureux. Et c'est tellement parfait qu'on va faire tout notre possible pour que ça reste comme ça.

Chase retint sa respiration.

Un drôle de silence envahit la cuisine. Les garçons étaient occupés à s'empiffrer de pizza mais ils avaient très bien entendu. Ils écoutaient avidement.

Vanessa se tourna et étudia le visage des deux hommes. Elle fronça encore plus les sourcils quand elle revint à Chase.

— Qu'est-ce que j'ai dit ?

Il la prit dans ses bras sans tenir compte de la douleur.

— Pour de vrai ? fit-il.

— Mais bien sûr, dit-elle en le fixant dans les yeux, puis elle murmura d'une voix tremblante : À moins que ça soit différent pour toi ?

— Oh, c'est pour de vrai, fit-il avec ce lent sourire sexy qui lui faisait souhaiter qu'ils soient seuls.

Puis il baissa la tête et l'embrassa.

— Hé, arrêtez, cria Swede derrière lui. On a apporté d'autres pizzas.

Chase recula légèrement pour regarder la femme qu'il tenait dans ses bras. C'était vraiment si facile de lâcher son passé et d'avancer vers l'avenir avec cette femme magnifique ?

— Tout ça, c'est vraiment possible ?

Elle rosit quand elle réalisa que tout le monde écoutait mais opina.

— C'est tout à fait possible. La vie est ce qu'on en fait. Nos passés ne sont plus, aujourd'hui passe, mais on doit construire notre avenir.

— Et tu veux le construire avec moi ? Construire une vie ensemble ? demanda-t-il dans un murmure rauque, encore hésitant.

— Absolument. Ce n'est pas parce que tu as eu des débuts difficiles dans la vie que tu devais rester sur cette voie-là. Tu as renversé la situation et tu as construit l'homme que tu es aujourd'hui. Je ne suis pas idiote, dit-elle sérieusement. Je reconnais un homme à garder quand j'en vois un.

La cuisine explosa en acclamations et elle se jeta à son cou pour l'embrasser.

Il la serra contre son cœur. Peut-être que les rêves se réalisaient pour des gars comme lui.

C'est la fin du tome 10 de *Légion d'honneur : Chase.*
Découvrez le premier chapitre de *Brett : Légion d'honneur, tome 11*

Légion d'honneur : Brett (tome 11)
Chapitre 1

L A TÊTE DE Brett Chapman perça la surface de l'eau. Levant la main, il toucha le côté lisse du yacht. Il se déplaçait silencieusement dans la nuit, l'eau ondulant autour de son corps, et il atteignit l'échelle du pont inférieur de l'un des yachts les plus sophistiqués au monde. Malheureusement, le *Million Dollar Baby* avait des ennuis. De gros ennuis.

Le yacht avait été arraisonné par des pirates et les passagers et l'équipage étaient retenus en otage. Le capitaine avait réussi à envoyer un signal de détresse avant l'abordage. L'unité de Brett avait été appelée très vite après. Il connaissait plusieurs des invités. Sa mère s'était mariée dix-huit ans auparavant dans une riche et turbulente famille grecque.

Depuis, sa vie à lui n'avait plus jamais été la même. Ils n'avaient été que tous les deux jusque-là et, désormais, il lui semblait qu'il avait des centaines de parents. Tout comme ils les avaient adopté sa mère et lui, elle les avait tous adoptés en retour.

D'après les renseignements, plusieurs membres de sa famille élargie se trouvaient à bord.

Avec un peu de chance, sa mère n'avait pas encore entendu la nouvelle. Sinon, ça allait barder.

Brett s'était embarqué quelques heures après le signal de détresse. Jusqu'à présent, l'inconnue était l'identité de celui qui était derrière les pirates – s'il y avait quelqu'un. Cette zone le long de la côte africaine avait connu tellement de troubles récemment, avec des attaques du même genre. Ça s'était quelque peu calmé ces derniers mois, mais le capitaine n'avait pas à amener le bateau dans cette zone au vu des récents dangers.

Brett monta l'échelle pour atteindre le pont inférieur. C'était l'un des plus grands modèles qu'il avait jamais vus. Le pont offrait une aire ouverte sur l'océan. Il supposait que c'était une sorte de mesure de sécurité qui fermait cette zone en cas de tempête.

Des lumières brillaient faiblement sur les parois du pont. Il était désert lui aussi. Ensuite sur sa liste de recherches à mener se trouvait la salle des machines. Il n'avait vu personne jusqu'à présent – ni équipage ni pirates. Ça lui prit quelques minutes pour atteindre sa destination. Il scruta rapidement la salle rutilante et s'aperçut qu'il faudrait un ingénieur pour gérer ce système dernier cri et qu'aucun des pirates n'était susceptible d'être aussi avancé en technologie – du moins il l'espérait. Avec un peu de chance, l'équipage était toujours en vie et capable de gérer n'importe quel problème sur le yacht.

Se servant des plans qu'il avait mémorisés, Brett se déplaça rapidement d'un pont à l'autre. Chaque fois qu'il avait sécurisé un niveau, il mettait son équipe au courant. Il devait retrouver Chase dans quatre minutes, sur un pont supérieur. En arrivant au troisième étage, il comprit que ces salles plus petites étaient probablement les quartiers de l'équipage. Il passa rapidement les chambres en revue. Les trois premières étaient vides et, en approchant de la quatrième, il entendit un bruit qui figea son cœur.

Les cris de détresse d'un enfant.

Il voulut ouvrir la porte mais elle était fermée à clé de l'intérieur. Il frappa une fois, puis encore deux fois. La porte s'entrouvrit à peine pour montrer le visage terrifié d'une femme. Il la repoussa et se glissa dans la chambre, hors de vue. Il ravala un cri de surprise.

Deux très jeunes enfants s'agrippaient aux jambes de la femme. Il connaissait leur existence mais ne les avait pas encore rencontrés. Et il savait exactement leur âge. Le garçon, Jimmy, avait quatre ans et la fille, Jennifer, presque deux.

Ceci, leur mère, appartenait à une branche éloignée de cette famille élargie qu'avait épousée la mère de Brett. Et c'était la seule femme qu'il avait jamais aimée.

Comme il portait son équipement de camouflage, il savait qu'elle ne le reconnaîtrait pas. Et elle devait être terrifiée par les armes qu'il portait.

Il se mit un doigt sur la bouche.

— Ça va aller, Ceci. C'est moi, Brett. Tu dois rester ici avec les enfants, aussi silencieusement que possible.

Elle hoqueta sous le choc puis son visage s'éclaira de soulagement et de joie.

Il s'accroupit à côté du garçon.

— Jimmy, tu dois être très, très silencieux jusqu'à ce que je revienne et vous aide, toi, ta maman et ta sœur, à quitter le bateau, d'accord ?

Le petit garçon renifla, les yeux écarquillés, la lèvre inférieure toute tremblante. Puis il se redressa et acquiesça. Bien. Il y eut un seul coup à la porte, Brett alla vite jusqu'au seuil puis, sans ajouter un mot, il se glissa dans le couloir où l'attendait Chase. Ils s'éloignèrent et Chase le briefa.

— Douze ennemis sur le pont supérieur au-dessus de nous. Tous les otages sont avec eux.

— Des armes ?

— Des mitraillettes et des grenades. Quelques pistolets. Rien d'important.

Brett ricana. Ça en disait long sur le genre de travail qu'ils faisaient pour que ces armes ne soient pas considérées comme importantes.

Mais c'étaient de bonnes nouvelles. Il n'aimait vraiment pas faire face à des lance-roquettes. Tous les criminels semblaient avoir accès à l'équipement le plus récent et le plus impressionnant. Dans un espace confiné comme celui-ci, c'était la cata assurée. Tout comme les grenades, d'ailleurs.

En silence, il se dirigea vers la passerelle principale et grimpa lentement jusqu'à un palier. Quand ça éclaterait, ça irait vite. Il leur faudrait descendre autant d'ennemis que possible, et pour augmenter leurs chances, la discrétion était primordiale.

Trop d'hommes armés et trop d'affolés de la gâchette.

Et trop d'innocents qui risquaient d'être blessés.

Cachés par l'obscurité, ils se progressèrent lentement dans le bateau. Au moment où ils atteignaient le pont suivant, des coups de feu explosèrent de l'autre côté.

Ils se précipitèrent vers la poupe du bateau et le bruit de riposte armée. Alors qu'ils s'approchaient, un groupe de passagers se rua vers eux en bas de l'escalier en hurlant.

— Emmène-les hors du yacht, cria Chase à Brett.

Ils échangèrent un rapide coup d'œil. La fusillade devenait maintenant intense et implacable, et ils se séparèrent. Chase alla les aider tandis que Brett faisait descendre les passagers vers les canots de sauvetage.

Dès qu'il les eut confiés à l'équipage, celui-ci prit le relais, ce qui laissa Brett libre de se précipiter là où il avait trouvé Ceci et les enfants.

Il tapa à la porte.

— Ceci, c'est moi, ouvre.

Un coup de feu traversa la porte, manquant de peu sa tête.

— Merde.

Il n'avait pas le temps pour ce genre de truc. Il recula, se mit sur le côté et y donna un puissant coup de pied, ouvrant ainsi la porte. Des balles sifflèrent à travers la porte ouverte. Mais Brett était déjà au sol et ajustait son tir. Le tireur était devant Ceci. Les enfants dans les bras, elle se blottissait derrière lui. Parfait pour tirer… Il fit tomber le tueur par terre, le front percé d'une balle.

— Ceci, allons-y, fit Brett en sautant sur ses pieds.

Il prit Jimmy dans ses bras et fit passer la porte à Ceci avec Jennifer serrée dans les siens, puis se rua vers les canots.

La fusillade s'était arrêtée.

Un silence sinistre après tout ce bruit.

Il savait que ça pouvait être très bon comme très mauvais signe. Il transféra les enfants dans les bras tendus de l'équipage et, jetant un coup d'œil à Ceci, remarqua la panique et la peur dans ses yeux.

— Vous serez en sécurité ici, lui fit-il.

C'était ce qu'il espérait.

Il remonta en courant. Au moment où il allait gravir les dernières marches, il aperçut un ennemi caché sous le coin d'un des canots, son arme visant la tête de Mason.

Brett n'hésita pas un instant. Il appuya sur la détente. Le pirate s'affala.

Mason se retourna, arme à la main, prêt à viser en cas de nouvelle menace, vit Brett, le pirate et fit un petit geste de la tête.

— On est en sécurité ? demanda Brett en se glissant vers Mason.

— Pas encore, murmura Mason, on attend Hawk.

Chase fronça les sourcils. Pas bon, ça. Ça voulait dire… Il recula dans sa cachette. Ils n'attendirent pas longtemps. Deux pirates s'avancèrent avec Hawk au milieu du pont, le poussant en avant avec des armes semi-automatiques.

Les pirates se mirent à hurler vers les SEAL.

Chase ne comprit pas leurs paroles – il ne connaissait pas cette langue. Mais l'idée générale n'était pas difficile à saisir. Ils pouvaient tous aller au diable et s'ils ne le faisaient pas assez vite, eux allaient tuer Hawk.

Hors de question. Brett vit dans sa tête les plans du bateau et se rendit compte que du niveau inférieur partait un escalier qui remontait sur le côté opposé aux pirates. Et s'il pouvait y parvenir assez vite, il leur tomberait dessus. Il descendit rapidement les marches, traversa le pont et se faufila en haut. De son nouveau poste d'observation, il vit que son unité tenait les ennemis en joue. Ces types s'en fichaient. Ils avaient prévu de tuer Hawk et de mourir dans un déluge de feu, s'imaginant que leurs vies étaient déjà perdues.

Brett se prépara à tirer, attendant une occasion. Le deuxième homme baissa à peine son arme – mais ça suffit. Hawk n'était plus dans la ligne de mire. Des coups résonnèrent et le premier homme tomba. Brett ira sur le deuxième.

En entendant les coups de feu derrière lui, Hawk se tourna.

— Merci.

— Quand tu veux, fit Brett en souriant.

Ils passèrent tous les ponts au crible mais ne débusquèrent pas d'autre tueur. Sur ce, tous les otages furent libérés sur le yacht et les pirates morts amenés aux canots. En ce qui le concernait, les pirates pouvaient aller nourrir les requins. Une chance que ce ne soit pas à lui de décider.

Il s'inquiétait pour Ceci. Il se dirigea vers les canots de sauvetage pour la trouver.

— Elle ne veut pas remonter sur le yacht, fit un des hommes. Et jusqu'à présent, elle a refusé qu'on l'examine.

Brett alla s'asseoir à côté d'elle et des enfants qui avaient tous les deux le visage enfoui contre elle et qu'elle tenait serrés chacun dans un bras. Il s'assit et lui frotta gentiment l'épaule.

— Ceci, ça va ?

Elle hocha la tête, les yeux écarquillés, muette.

— Ça va aller. On les a tous eus.

— Bien, murmura-t-elle, baissant les yeux sur Jimmy qui avait levé la tête pour fixer Brett.

— Vous les avez tués ? demanda-t-il. Vous avez tué les méchants ?

— Tous les méchants sont partis, opina Brett. Ils ne peuvent plus vous faire du mal.

Pas besoin que Jimmy apprenne les détails – simplement que les vilains ne reviendraient jamais.

— Pourquoi ne veux-tu pas retourner sur le yacht ? demanda-t-il à Ceci.

— Je ne veux pas retourner sur ce truc – ou quoi que ce soit qui y ressemble –, plus jamais, fit-elle en frissonnant. Tu ne sais pas comment c'était. Les menaces qu'ils ont prononcées.

Ses bras serrèrent les deux enfants et les rapprochèrent encore d'elle.

— Ils ont fait mal aux enfants ? demanda Brett en regardant le petit garçon.

— Il m'a poussé, répondit Jimmy, la bouche tremblante.

— Les vilains ne te feront plus de mal, répéta Brett en lui caressant doucement la joue.

— Je m'appelle Jimmy, fit l'enfant en hochant la tête.

— Et moi, c'est Brett, fit celui-ci en lui tendant la main. J'ai connu ta maman il y a quelques années.

— Tu es un des gentils ? fit Jimmy, tout souriant.

La petite fille à côté de lui sortit la tête de l'épaule de sa maman pour fixer Brett.

— Salut, fit-elle et, le mot à peine dit, elle se mit à sucer son pouce.

Brett sentit son cœur fondre.

— Oui, je suis vraiment un des gentils. Plus de méchants ici, maintenant.

Il s'accroupit et repoussa une boucle blonde du visage de la petite.

— Salut aussi, toi.

Elle sortit son pouce et sourit de toutes ses quenottes tout en essayant de se tenir debout sur le genou de sa mère. Ceci la serra fort.

— Comment t'es-tu retrouvée sur le yacht ? demanda Brett.

— On était censé y passer quelques jours seulement pour changer d'air, expliqua-t-elle avec un geste vague de la main. Pour faire une pause. Avoir des vacances.

— Tu connais tous ces gens ?

— Non, fit-elle avec un soupçon de résignation dans la voix. Mais Jason Turner venait. Et il pouvait amener quelqu'un ; alors, il m'a demandé de l'accompagner.

Ça avait du sens. Jason Turner faisait partie de la famille élargie de Ceci, et donc de Brett. Il lui semblait aussi que Jason avait peut-être été le meilleur ami de Jimmy Senior. Mais Jimmy avait été tué en Irak, quelques années auparavant. En regardant la petite fille, il comprit qu'il n'avait probablement jamais eu l'occasion de voir sa propre fille.

— Ils sont magnifiques, fit-il. Jimmy serait tellement fier de toi et d'eux !

Les yeux de Ceci s'emplirent de larmes, sa lèvre inférieure tremblait tout à fait comme celle de ses enfants.

— Oh, je ne crois pas, murmura-t-elle. Je les ai mis en danger. Comment pourrais-je en être fière ?

— Ce n'est pas ta faute, répondit-il. Je ne sais pas pourquoi le yacht naviguait dans ces eaux ni comment il a attiré l'attention des pirates mais un yacht, c'est beaucoup d'argent et les pirates sont désespérés. En tout cas, c'est fini. Vous pouvez tous rentrer chez vous et reprendre une vie normale.

— Grâce à toi, fit-elle en lui adressant un sourire vague.

— Pas seulement moi, fit-il en se redressant pour regarder l'énorme yacht. Je fais partie d'une équipe.

— Remercie ton équipe pour moi, d'accord ?

Il sauta sur le yacht, se retourna et agita le bras.

— Sans faute. Prends soin de ces gamins et de toi.

Le Zodiac dans lequel elle était assise s'éloigna lentement et se dirigea vers la rive. À bord, se trouvaient un passager blessé et Ceci avec ses enfants. Tandis qu'il regardait les remous du sillage strier les flots, il se demanda s'il reverrait un jour Ceci.

Le tome 11 est disponible dès aujourd'hui !
Pour en savoir plus, visitez le site web de Dale Mayer.
https://geni.us/DMSFRBrett

Note de l'auteure

Merci d'avoir lu *Chase, Légion d'honneur, tome 10*! Si vous avez apprécié le livre, merci de prendre un moment pour laisser votre avis.

Chers lecteurs,

J'aime avoir de vos nouvelles, alors n'hésitez pas à me contacter sur mon site web : www.dalemayer.com ou sur ma page d'auteure Facebook. Pour être informés des nouvelles parutions et des offres spéciales, inscrivez-vous à ma newsletter ou suivez-moi sur BookBub. Si vous souhaitez rejoindre mon groupe de lecteurs, voici la page d'inscription sur Facebook.
http://geni.us/DaleMayerFBGroup

À bientôt,
Dale Mayer

À propos de l'auteure

Dale Mayer est une auteure de best-sellers au classement de *USA Today*, connue pour ses romances militaires sur les forces spéciales, sa série *Psychic Visions* et sa série *Jolis Jardins Maudits*, dans le genre cozy mystery. Ses romances contemporaines sont vibrantes d'émotion et de passion (série *Broken But… Mending, Hathaway House*). Ses thrillers vous laisseront à bout de souffle (séries *By Death* et *Kate Morgan*) et ses comédies romantiques vous feront rire aux éclats (*It's a Dog's Life*, une novella hors-série, et la série *Broken Protocols* avec Charming Marvin, le chat).

Elle laisse libre cours aux séries qui lui viennent… dont certaines sont carrément folles, enfreignant toutes les règles et croisant différents genres !

En plus de ses romans de fiction, elle écrit également des textes documentaires dans de nombreux domaines, dont la rédaction de CV, le jardinage de loisir et le système de crédit immobilier américain. Elle a récemment publié la série professionnelle *Career Essentials*. Tous ses livres sont disponibles aux formats papier et ebook.

Contactez Dale Mayer en ligne

Site web de Dale — www.dalemayer.com

Twitter — @DaleMayer

Facebook Page — geni.us/DaleMayerFBFanPage

Facebook Group — geni.us/DaleMayerFBGroup

BookBub — geni.us/DaleMayerBookbub

Instagram — geni.us/DaleMayerInstagram

Goodreads — geni.us/DaleMayerGoodreads

Newsletter — geni.us/DaleNews